設楽不動産営業日誌

お客さまのご要望は

水生大海

朝日文庫

本書は書き下ろしです。

設楽不動産営業日誌
お客さまのご要望は
contents

設楽不動産営業日誌

お客さまのご要望は

プロローグ

また明日、また明日ね。

しーま、明日こそ貸したゲーム、持ってこいよ。

悪《わり》ぃ、悪ぃ。

——声が飛び交う。

太陽はまだ高いが、僕らはみな、五時過ぎには解散して家に帰るように求められていた。

夏休みとあって、少し遠いところに住む友人の家まで遊びにいった帰りのことだ。道を曲がるたびにだんだん友人が減っていき、最後にひとり、小道へと入った。その瞬間、僕の目の前が突然真っ暗になった。

もあっとした空気に顔全体がくるまれる。袋状のものを頭からかぶせられたと、やがてゆっくりとわかってくるのだけど。

でもそのときはなにが起こったかなんてまったくわからない。暗くてパニックになった。叫べたなら誰かに気づいてもらえたかもしれないが、あまりに突然で、喉が詰まったみたいで、声もでない。すぐさま袋の上から口をふさがれ、同時に身体《からだ》を持ちあげられ、どこかに横倒しで置かれた。硬くはないけれど、身体に沿わないふくらみのある場所だ。扉の閉まる音がして、身体の下から地鳴りのような振動を感じた。そうか、車だ。車に乗せられて運ばれていくんだ。と考える間もなく、腕とお腹《なか》まわりを、布かなにかで一緒に巻かれる。

「騒ぐと痛いぞ」

低くくぐもった大人の男の声がした。

僕はなんの声も出していない。横倒しで置かれたときには足をばたつかせていたけれど、そのときはもう両足をつかまれて身動きひとつできない状態だった。だけどここではじめて、誘拐だと思った。やっと声がでた。放して、だったか、助けて、だったか。闇雲に叫んだ。叫ぶしか意思を表すことができない。

「騒ぐなと言っただろう」

男が再び袋の上から僕の口をふさいだ。見当を誤ったのか、もともと両方をふさぐつもりだったのか、鼻も一緒にふさがれた。息ができない。苦しい。

うーうーと、喉で訴えた。身体も震わせたかもしれない。死ぬかもしれないと思った。

「息」

それだけの短い声が、少し遠くから聞こえた。低いけど女の声だ……と思った。

男の手が離れ、しかしすぐに肩をつかまれた。骨まで握りつぶされかねないほどの力をこめてくる。騒ぐな、と言わんばかりに。

やっと息ができるようになった僕は、思いきり、空気を肺に入れた。

くさい。

妙に甘ったるいにおいがして気分が悪くなる。それでも息をしないと。吸って、吐いて。小刻みに呼吸をしているうちに、跳ね回っていた心臓の鼓動がなんとか収まってきた。

「どうするの」

僕の問いに、男はなにも答えない。もう一度どうするのと訊《き》くと、返事のかわりにまた肩を強くつかまれ、身体を揺らされた。それ以上もう、僕には訊く勇気がなかった。

車がどれだけの間走っていたのかは、わからない。

汗はすっかり冷えていた。カンカン照りの太陽の下を歩いてきたあと、突然袋をかぶせられて息を止められたのだ。いっときは汗だくだったけど、今はもう寒い。クーラーが入っているのだろう。

と、ここで僕は思いだす。

僕は帽子をかぶっていた。つばのあるキャップだ。触ってたしかめることはできないけれど、頭に当たる布の感触からして、キャップは頭の上にないような気がする。袋をかぶせられたときに落ちたんだろうか。それを見た誰かが、僕が誘拐されたことに気づいてくれないだろうか。だいたい、僕を誘拐してどうするんだ。うちはお金持ちじゃない。かあさんはパートに出ている。じいちゃんもばあちゃんも毎日夜まで働いている。

車が停《と》まった。僕はまた身体を持ちあげられ、運ばれる。誰かの手によって靴が脱がされ、立たされた。両肩を持たれ、進めという意図なのか前方へと押された。駆けだしたいのにできない。その手がすべてのペースを決めている。

「……お金、ない……と思う」

こわごわ出した声は震えていた。

「座れ」

僕の訴えを無視して、声の主――男は肩を上から押さえつけた。おずおずと腰をかがめると、お尻のしたにふわっとしたものがある。柔らかな椅子のようだ。

「トイレに行きたいとき以外は黙ってろ」

「ねえ、帰して」

「聞こえなかったのか」

「……帰りたい」

涙が流れた。袋の中で。

しゃくりあげる僕の喉を男の手がつかむ。

殺される？　どうして。お金が取れないからだろうか。ないなんて言わなきゃよかった。家に帰りたい。お願い、神さま。僕を家に帰して。もうわがままなんて言わないから。お手伝いもするから。ニンジンもタマネギも食べるから。神さま。殺されたくないよ。

苦しい。息ができない。苦しい。

「ちっ」

男の手を止めてくれたのは、少し距離のあるところから聞こえた舌打ちの音だった。車のなかにいた女だろう。鼻がまた、嫌なにおいを感じる。最初はかぶせられた袋のせいかと思っていたが、このくささは女のせいかもしれない。

くさいくさいと思っていたら、その間に足がなにかで縛られていた。

僕はじめじめと泣いた。

もう誰もそれを邪魔してこない。

泣いて泣いて、しばらくしたあと、さらに遠いところから声が聞こえてきた。男と女、ふたりが言い争っている。近くで聞いたときより声は高いが、切れ切れで、はっきりと届かない。

「……ばか……」

「……おまえ……」

「……じゅうぶん……」

僕が認識できた単語はこのぐらいだった。「ばか」は「馬鹿」だろう。怒鳴るような女性の声だった。「おまえ」は男性の声のようだったが女性の声にも似ていた。「じゅうぶん」は男女のどちらからも、何度も聞こえていた。

やがて人の気配がしたと思ったら、頭にかぶせられた袋の端がほんの少しめくられ、口元になにかが当たった。目を下にやると、缶ジュースの口から伸びるストローが見えた。泣いたせいで喉は渇いていた。僕は反射的に吸った。甘い、美味《おい》しい、とほっとしたと同時に、眠気が襲ってきた。

涼しい。

そう感じて目覚めたとき、僕は公園にいた。

ベンチに寝ていたのだ。飛び起きて、自分の頬を叩《たた》いた。誘拐された夢でも見ていたのだろうか。今もまだ夢の最中なんだろうか。わけがわからない。

公園は小さく、ひとけがない。

僕が知っている公園のどれでもなかった。まだ夢の続きだろうか。もし現実だとしたら、今、何時なんだろう。あたりは明るい。

立ちあがって周囲を見回していると、誰もいなかった公園に、ふいに人の姿が見えた。

と思ったらぞろぞろと、列をなしてやってくる。大人が数人、子供はそれよりも多い。大人のひとりが僕を見て近寄ってきた。

「おはよう、早いね。……ん？　きみは今日はじめて？」

なんの話だろう。困惑しているうちに人はさらに増えていった。あとからやってくるのは、僕と同じような子供が多い。

きみもおいで、と誘ってくるおじさんのようすでやっとわかった。朝のラジオ体操だ。

「ぼ、僕、誘拐されたんです！」

そう言った僕に、おじさんはきょとんとしながらも笑いかけてくる。

すぐには信じてもらえなかったものの、通っている小学校と自分の住所を伝えると、おじさんはだんだん真顔になっていった。同じ桜山《さくらやま》市内だけど学区が違い、徒歩で来ることは難しい場所のようだ。家の電話番号は覚えているかと問われ、答えるとおじさんのポケットから携帯電話が出てきた。ラジオ体操の音楽をバックに電話をかけると、かあさんの叫ぶ声がした。

すぐに迎えにいくと言われたが、集まった大人たちから警察を呼んだほうがいいという声が上がり、おじさんの携帯電話がまた活躍することになった。

十五年ほど前、小学三年生の夏の出来事だ。

僕は連れていかれた交番で何度も説明し、そのあと家に来た警察の人にもまた同じ話をした。

最初は僕の説明が本当かどうかさえ疑われていたみたいだけど、足に拘束の痕が残っていて、事件ということになった。

けれど捜査はすぐに行き詰まった。

誘拐された場所、解放された場所。手掛かりはそれだけしかなかった。目撃者もまったく見つからない。

僕の証言も、犯人を見つける材料にできるものが少なかった。なにも見ていない、というのが最大の問題だ。切れ切れに耳に届いた単語は伝えている。「ばか」と発した音は、「馬鹿」と罵ったものだろうと警察の人も言う。「おまえ」もまた罵るときに相手に放つ言葉だからだ。けれどふたりが争っていた理由はわからない。「じゅうぶん」は、物事が満ち足りているさま、よくやったという意味の「充分」だろうか。それを否定、つまり、できていないと言っていたのではと訊《たず》ねられたが、それもわからない。犯人ふたりの声はどちらも、僕の近くではわざと低くしていたようだった。もう一度聞いたとして、同じ声かどうか判別のつく自信はない。

身代金の要求はないままだった。僕の帰りが遅いと不安に思った両親が友人宅や祖父母の店に連絡をして、しかし見つからず、道端に落ちていたキャップをいぶかしんで警察に届けた。その日は先に別の事件があったらしく、すぐさま署をあげての大捜索とまではならず、手の空いた署員を動員して周辺を調べつつ、事件と事故の両方を睨《にら》みながら次の展開を待っていたところだったという。

いまだに、僕を誘拐した犯人の正体も狙いもわからないままだ。身代金目的の誘拐と、ただ連れ去っただけとは時効に違いがあるらしい。僕の場合は未成年者略取罪というものとされ、その時効はすっかり過ぎてしまった。

いったいなにが起こっていたんですかと両親が警察に訊ねたとき、可能性のひとつとして出てきたのが、誰かと間違えられたのではないか、という説だった。

犯人から名前を呼ばれた覚えはない。僕の名前を確認しないまま、よく似た誰かと勘違いして連れ去った。それがわかって言い争いになった。顔を見られていないのを幸いと、僕を公園に放置したのではないか、と。

もう忘れてしまいなさいと、両親にも祖父母にも言われた。毎夜のように怖い夢を見て、おねしょまでするようになっていたからだ。

だけど僕は忘れられなかった。怖い思いをしたことももちろんだけど、僕が間違いだとしたら、本物はどうなったの？

警察は当然警戒していただろう。僕も気になって、両親に新聞を読んでもらったり、祖父母に噂《うわさ》話に耳を傾けるよう頼んでもいた。そうやってわかる範囲では、なにも起こっていないようだった。

——でも。

本当にそうなんだろうか。誰も知らないところで身代金の受け渡しが済んでしまったら、表には出てこないはずだ。それにあの男は、僕を殺しかねない勢いだった。二度も息を止められかけた。彼の力が緩まなければ、僕は誰かと間違えられたまま死んでいただろう。

あの男の間違いが、僕の人生を終わらせたかもしれないんだ。

本物のほうの人生は、ちゃんと続いているんだろうか。

CASE 1

その残置物はわたしのじゃありません

1

設楽《したら》不動産の朝は早い。

歳《とし》をとると朝寝ができなくなるものだと瑶子《ようこ》さんは言い、朝食の用意をすませて自分だけ食べて、さっさと店に行ってしまう。そして店の掃除をはじめる。そんな社長、はた迷惑だ。

事務員の三木《みき》さんが気を遣うからやめろと頼むも、あら理香子《りかこ》ちゃんは楽ができて助かってますっていつも言ってるよ、とどこ吹く風。引き合いに出した相手が悪かった。三木さん、隙あらばサボろうとする人なのだから。そんな困ったふたりとともに、僕は働いている。

設楽不動産は関東近郊の桜山市で、四十数年まえに祖父が設立した小さな不動産会社だ。アルバイト代わりに不定期で手伝いをしていた僕が、本格的に働きだしたのは大学も四年生になってから。認知症気味だった祖父が骨折を機に高齢者施設に入り、人手が足りなくなったのがきっかけだ。ゆくゆくは僕がここを継ぐのだから、それが何年か早まっただけのこと。なにしろ瑶子さんも七十一歳。引退には少し早いけど、時間をかけてきっちり仕事を引き継いだほうが間違いもない。

「誰がそんなことを決めたのさ。あたしの代で終わらせてもいいんだからね。いや終わらせるつもりだよ。おとうさんとふたりで作った店だもの。最後もあの人とふたり」

「ふたりもなにも、そのじいちゃんがもう働けないんじゃないか。お客さんはどうなるんだよ。顧客第一主義って看板は偽りかよ、なあ、ばあちゃん」

「ばあちゃんじゃなくて、瑶子さん。でなきゃ社長とお呼び」

ぴしゃりと、瑶子さんが言った。

家でもばあちゃんは禁止だよ。お客さんの前で出てしまうから。社員になるなら孫という扱いもしない。社長か瑶子さんと呼びなさい、どちらがいいんだい、と、二択をせまられた。家でまで社長と呼ぶのは疲れるだろうと、僕は瑶子さんと呼ぶほうを選んだ。瑶子さんのほうは今までと変わらず、僕を真輝《まさき》と呼ぶ。苗字《みようじ》の設楽では、耳にしたお客さんが混乱するからと。

「さ、今日の予定をちゃんと確認して」

瑶子さんは、いまだに僕を子供扱いする。もう社会人生活も二年目に入った。大学のころから手伝っていたのだから、それも足せばさらに長く働いているのに。

「今日は午後四時の約束でカーサホリディ雅《みやび》六〇三号室の退室の立ち会いがあって――」

「部屋の状態の確認は丁寧に。チェックシートを用いて、キズや不具合の判断は借主にも納得いただくこと」

「わかってる。借主の高畑《たかはた》さんは次の部屋もうちで借りてくれているし、下手なことはしないって」

「真輝っ。次の住まいがどこであろうが同じ。顧客第一主義というのはそういうこと。お客さまに寄り添いなさい」

「ごめんなさい」

「ごめんなさいじゃなくて、すみません」

「はいっ。すみません」

こんな調子で朝から怒られていると、定時ぴったりに三木さんがやってきた。四十肩がまだ治らなくてねえとぼやきながらカウンターの奥の席につき、事務服代わりの紺のカーディガンをぎくしゃくと羽織る。制服があれば服を買わなくて済んで楽なのにと言っていた三木さん、自分で決めた制服のつもりらしくいつも薄い色のブラウスに黒のパンツ姿だ。そのせいもあって、赤、黄、青など、原色中心の派手な服を着る瑶子さんがより派手に見える。もっとも瑶子さんのこれも自分で決めた制服、いや戦闘服らしい。高齢の女はなめられるから、と言って、じいちゃんから社長業を継いだときにワードローブを一新させていた。あれは僕が大学に入った年だったっけ。あまりの変身ぶりにひっくりかえりそうになった。それから五年余り、いいかげん慣れたとはいえ、今日の服はフューシャーピンクだ。フューシャーピンクはショッキングピンクにも似た目に刺さるピンク色のこと。どこで買ってきたのだろう。

「みなさん、おはようございます。今日もいきいき、がんばりましょう」

瑶子さんが号令をかけ、一日がはじまる。

「きれいにお暮らしだったんですね」

カーサホリディ雅六〇三号室、１ＬＤＫの部屋からは家具がすべて運び出されていて、とても広く見える。

僕の言葉に、高畑夫妻はそろって笑顔になった。どちらも三十代半ば。妻の紬《つむぎ》さんが先に口を開く。

「でしょう？　だってまだ二年ですよ。床にはカーペット敷いてたし、タバコは吸わないしペットはいなかったし、こまめにお掃除してたんですから」

「せっかくのペット可物件だったのに、飼っていらっしゃらなかったんですか」

部屋に汚れや傷がつくことを考えると、どうしてもペット可の物件は割高になる。建物がある程度古くなって入居希望者が減った段階で、それをカバーするためにペット可に変更する賃貸物件も多い。だがここは貸主である大家さんが犬好きで、せっかく建てるなら同好の士に理解を示していた。

「うんまあ、そうですねえ」

夫の修也《しゅうや》さんの歯切れが悪い。

「実は、うちのクッキーちゃん、入居して間もなく死んじゃったんです。あ、クッキーちゃんというのはチワワです。辛《つら》くて、どうしても新しい子を迎える気になれなくて」

紬さんの声が沈む。

「それは失礼しました」

夫の修也さんが紬さんの手を取り、指を絡めた。次に住む部屋を選びにきたときも終始その調子で、仲睦《なかむつ》まじい。

「そういうわけで、ハウスクリーニング代は要らないんじゃないですか？」

紬さんが、ころっと話題を変えた。あやうくうなずきそうになり、慌てて留《とど》める。

「きれいであっても水回りの消毒は必要なんですよ。高畑さんも、新たな部屋にはまっさらな気持ちで足を踏み入れたいですよね。次の方も同じですよ」

「けど、いろいろ調べたら次の人のために部屋をきれいにしたり設備を整えたりするのは家主の責任なんでしょ？　なんでうちが持つの？」

カーサホリディ雅のハウスクリーニング代は借主持ちだ。どちらが負担するかは、入居時の賃貸借契約書に記載して、面倒が起こらないよう最初に取り決めをしておく。

サイン、いただいてますからね。

「おいおい、紬。そんなに困らせるなよ。それは最初からわかってたことだろ。設楽さんにはこれからもお世話になるんだから」

修也さんがフォローをしてくれた。

「ありがとうございます。経年劣化や通常損耗分の修繕は貸主のほうで持ちますので。高畑さんのご負担は、たとえばリビングの床の傷ですね。こちら、小さいけれど穴になってます」

僕はリビングのバルコニー側、壁から一メートルほどのあたりに近づいた。

「修ちゃんのデスクがあったとこだよね。ハサミを落としたんだっけ」

紬さんが修也さんをちらりと睨《にら》む。

「まさかカーペットを突き抜けるなんてな。よっぽど角度が悪かったんだよ」

修也さんが身を縮めている。

「悪いのは角度じゃなくて扱い方。修ちゃんのデスク回りだけ、カーペットの表面がガリガリで毛羽立っててさー、椅子に乗ったまま動いてたんでしょ」

「ごめんごめん。あんま自覚なかったんだけど、仕事に夢中になって、たぶん、つい」

とそこで修也さんは助けを求めるかのように僕を見た。

「敷金からの差し引きになりますから、ご負担は少ないと思いますよ。余れば返金いたします」

「どのぐらいになりそうですか？　これからいろいろ物入りなんですよね」

そう言いながら、紬さんが膨らんだおなかを撫《な》でた。物入り、の理由だ。二年しか住んでいない部屋を引越す理由でもある。１ＬＤＫといっても、ここのリビングは少々狭めだ。修也さんは家で仕事をしているためその場所を確保する必要があり、三人暮らしになるのを機にひと部屋増やしたい、とのことだった。予算の問題もあり、同じ利用駅のまま、駅からの距離は遠くなった。

「業者さんに訊《き》いてみないとわかりませんが、かかった費用の明細書は必ずお送りしますので」

「なるべく勉強してくださいね」

「鍵をお返ししたら、この部屋とはさよならですね」

現実的なことを言ったのは紬さん。修也さんのほうはというと、鍵を手にしたまま名残惜しそうに部屋を一巡した。カーテンの取り払われた窓に目を留め、まぶしそうに外を眺める。

西日が当たったせいか、向かいのビルの窓がキラキラと光っていた。

ビルの脇には五月の空が覗《のぞ》いている。間に四車線の道路があるため窮屈な印象もない。快適な新婚生活が送れていたんじゃないだろうか。

「忘れ物はございませんか。クローゼットの隅に書類を忘れてた、なんてことがほかのお客さんでありましたよ」

僕も部屋を眺めまわし、ふたりに最後の確認をうながす。修也さんがなにもない床の上で回れ右をした。

「じゃあ念のためもう一度」

「クローゼットの隅にねえ。……結局、どこにもなかったね」

残念そうな声で、紬さんがつぶやいた。

「なにか、なくされたんですか？」

「指輪を。結婚指輪」

苦笑する紬さん。いやそれ、かなりななくし物じゃないですか。

「なくしたの、やっぱり外じゃない？」

「でも外すなら家の中だと思うんだよね」

眉をひそめながら、ふたりはぼそぼそと話している。

「最近のことですか？　引越し荷物に紛れてないでしょうか？」

僕は訊《たず》ねた。

「肌がむず痒《がゆ》くなると外すことが多かったから、子供ができるよりもまえのこと」

どういう理屈かわからなかったけれど、もしかしたらアルコールを飲めていたころ、と言いたいのかもしれない。酔って血行がよくなると、時計を外す友人を知っている。

なくした事情はわからないが、外見から察するに半年よりもまえのことなんだろう。

「引越し作業で出てくるかと思ったんだけど、ダメでした。荷物のなかにあるならありがたいけど」

紬さんが肩をすくめた。

カーサホリディ雅六〇三号室は、すでに次の借主が決まっている。建ってまだ二年で駅からも近いとあって、うちに管理を任されているなかでもかなりの優良物件だ。入居者も収入の安定している独身者かカップルが多く、世代差も少ない。

急いで補修をしてハウスクリーニングを入れて、と退室に伴う業務を進めた。

そんななか、クリーニング業者から連絡があった。洗面台と壁の間からシンプルなタイプの指輪が見つかったと。

紬さんの結婚指輪だろう。

彼女に指輪の写真を送ってみたところ、すごく喜ばれた。ふたりが新しく借りた部屋のそばに用事もあったので、さっそく集合郵便受けへと届けてきた。

よし。お客さまに寄り添えているじゃないか。僕は嬉《うれ》しくなった。

2

事態が一変したのはその日の夜だ。

「あれはわたしの指輪じゃありません」

設楽不動産の終業時間は遅い。仕事帰りの人が寄ることを考えて、商店街のなかで一番最後にシャッターを下ろすのが常だ。紬さんからの電話がかかってきたのは、そろそろ店じまいといった時刻だった。紬さんの声が変に強張《こわば》っている。

「あの、お写真を送りましたよね。高畑さんのものだというお返事だったから、お届けしたのですが」

応える僕の声に戸惑いが含まれていたからだろう、瑶子さんがこっちを見てきた。三木さんはすでに帰っている。高校生の娘とふたり暮らしなのだ。

「だってよく似てたんですもん。実際、そっくり。だけどこれじゃありません。なによりイニシャルが違います」

イニシャルってなんのこと？　とは思ったが、まずは謝る。

「すみませんでした。ぬか喜びをさせてしまいました」

「……これ、本当にうちにあったものですか？」

「メールでも説明しましたが、洗面台と壁の隙間から出てきたんです。水回りを消毒するときに洗面台をずらしたところ、発見されたというわけです」

「隙間から……、誰の指輪なんだろう」

「お友達に心当たりはありませんか？」

「ないですよ」

「おうちにいらしたことのある方に訊いていただくとか」

はあ？　と呆《あき》れた声がした。

「友達が家に来て指輪をなくしたらすぐ探しますよね。見つからなかったとしても絶対に覚えてますよ。とにかくこれ、困ります」

「申し訳ありません。高畑さんのご都合のよいときに取りに伺います」

なんでしたら今からでもと続けるまえに、唐突に電話が切れた。

「どうしたんだい、いったい」

瑶子さんが、眉間に皺《しわ》を寄せている。

僕は状況を説明した。瑶子さんの皺は、どんどんと深くなっていく。雷が落ちるのを覚悟しながら説明を終えると、瑶子さんはため息をついた。

「馬鹿だねあんたは。イニシャルを確認しなかったのかい」

雷は落ちなかったが、珍獣でも見るかのような目をしていた。

「そのイニシャルってのがなんなのかわからないんだけど」

「結婚指輪の内側に刻印を入れるんだよ。FromやDearやToをつけることもある。部屋の借主は高畑さんだったよね。ふたりの下の名前は？」

「修也さんと紬さん」

「じゃあ、SとTの文字の両方、またはどちらかが入ってるね。けどその指輪には、それ以外の文字が入ってたんだろう。……まったく。今までカノジョのひとりもいなかったのかい」

珍獣を見る目に、哀れみが混じった。

「そんなことないって。けど指輪なんて重いもの贈りたくないじゃん。なにより結婚指輪にイニシャルを入れるのは一般常識だ、みたいに言わないでよ。知らない人は知らないって」

「渡すときに本人のものかどうか確かめればいいだろ」

「手渡しじゃなかったんだよ。早く返してほしいけど今日はふたりとも用があって帰るのが遅いから、集合郵便受けに入れておいてくれって言われて」

「真輝！　指輪なんて高額なものを郵便受けにだなんて」

瑶子さんの背筋が伸びた。ああ、遠雷が聞こえる。

「向こうが、紬さんがそう言ったんだってば。郵便受けは鍵がついているからだいじょうぶ、って。僕だってもちろん、そのまま入れたりなんてしないよ。ティッシュでくるんで手紙のふりして事務用封筒に入れた」

「……まったくおまえは。じゃあその指輪は、持ち主不明の残置物ってことだね」

うん、と僕はうなずく。

残置物とは、退去の際に借主が部屋に残していったもの、漢字そのままの意味だ。要らないから置いていくのだろう、だから処分していいのだろう、と安易に考えてはいけない。品物の所有者はあくまでその借主だ。連絡をして引き取ってもらう必要がある。でもそれは面倒くさいし、借主との連絡がつかないといった問題が起こる可能性もあるから、うちは退去の際に、残置物の所有権を放棄するという書類にサインをもらっている。不用な家具などを置いていかれても困るので、処分費用がかかる場合は敷金からの差引で請求する、とも書いてある。それでも念のために、残置物があればその旨を連絡して、再度、確認を取っている。

だから今のケース、誤った対応はしていないはずなんだけど。

どうすればよかったんだろう。

「取りにきてもらえばよかった、ってことだ。変な親切心を出さずに」

瑶子さんが厳かに言った。

「ごめ……すみませんでした」

僕は身を縮めて雷を待つ。けれど瑶子さんは難しい顔のまま、うなった。

「いや、同じだね。取りにきてもらったところで別の指輪ということには気づく。やっぱりイニシャルを最初に確認すべきだったんだよ。それによってすべき対応が変わるしね。さあて、どうするかねえ」

「どうするもなにも、連絡つけて取りにいくよ」

「それだけじゃ済まないかもしれないよ。だいたいその指輪、誰のなんだい」

「わからない。飾りもなにもないシンプルなものだよ」

僕は、紬さんに送信するために撮った写真をスマートフォンの液晶画面に出して、瑶子さんに見せた。

「いかにも結婚指輪だね」

「でしょう？　退去のときに紬さんが、いつの間にかなくしたって言っていたから、彼女のものだと思ったんだって。サイズからみて女物だし、あの部屋は新築で貸したから、以前の住人はいないだろ」

「結婚指輪なんだよ」

瑶子さんが怖い顔で念を押してくる。

「うん。誰のものなんだろう」

はあー、と呆れたため息がまた聞こえた。

「嵐が来ないことを祈るしかないね」

その夜、僕はスマートフォンの検索アプリの枠に、結婚指輪、イニシャル、という文字を入れて調べてみた。ある結婚産業会社の記事に、結婚指輪になんらかの刻印を入れるカップルは全体の九〇パーセント、とあった。入れるケースが大半とはいえ、入っていること自体を知ってる二十四歳未婚男性はどのぐらいいるのだろう。

そして瑶子さんの言った嵐とはなにかが、すぐにピンとくる二十四歳未婚男性は。

3

「紬が出ていった。設楽さん、あなたのせいですよ」

翌朝、店の電話を留守電から切り替えてすぐにかかってきたのは、修也さんからのものだった。初夏の日差しが気温を上昇させている日なのに、凍るほど冷たい声だ。

「……あの、出ていったって」

「指輪ですよ。どこから見つけてきたんだ、あんなもの」

「場所ですか？　高畑さんに……紬さんに説明したように、洗面台と壁の隙間です」

「別の部屋のものと勘違いしてるんじゃないんですか？　うちに紬以外の女性の指輪が

あるはずないでしょう！」

怒声を聞いて、しまった、と血の気が引いた。

浮気を疑われた、そういうことだ。

「すみません。すぐに取りにまいります」

「なにを」

「ゆ、指輪です」

「紬が持っていきました。あの指輪、本当はどこにあったんですか」

「ですから高畑さんが借りていた部屋の――」

「ありえない」

そんなことを言われても。クリーニング業者だって責任を持ってやっている。間違えたりはしない。

「ともかくね、もしも紬から連絡がきたら別の部屋と混同していたと、そういうことにしてください」

「そういうこと？」

まさかと思うけど、浮気、本当にしていたとか？

「うちを離婚させる気ですか？　それが一番平和に解決する方法じゃないですか。わかりましたね？　お願いしますよ！」

電話はガチャ切りされた。退室の立ち会いの際に温厚だった修也さんとは別人のようだ。

はあ、とため息をつくと、瑶子さんに肩を叩《たた》かれた。

「あたしもそのほうがいいと思うよ」

「聞こえてたの？　まあ、漏れ聞こえるよね。声、大きかったし」

「イニシャルを確認せずに渡したのが悪い。見つけたのが女物なら夫に、男物なら妻にまず話を持っていって、あとは当人同士の問題。それ以上は関わらない。それが本来すべきことだよ」

瑶子さんがそう言った。唇が、わかりやすくへの字に曲がっている。

「それ、ごまかしじゃん」

「嘘《うそ》も方便。あたしらはただの不動産会社だよ。貞操警察じゃないんだ。夫婦の問題は夫婦に任せておきなさい」

だけど、と三木さんが口をはさんできた。

「私だったら本当のことを知りたいですよー。だって裏切られてたわけじゃない」

「浮気したかどうかなんてわからないって」

修也さんの名誉のために、一応断っておく。

「だってほかにある？　別の女性の指輪が部屋から見つかる理由が」

「あたしにも想像つかないねえ」

三木さん、瑶子さんと、タコ殴りである。

「けどそれはそれだ。うちが離婚問題にかかわっても得はないんだよ。幸せに暮らしていただくのが一番」

「別れたほうが幸せということもありますよ。私は別れて幸せ。貧乏でも幸せ。なにより浮気の証拠が見つかったほうが慰謝料を上乗せできるじゃない」

慰謝料か、なるほどそういう考え方もある。三木さんが離婚した理由は知らないけれど、今幸せなのはなによりだ。

「ごまかしでも取りつくろいでもかまわないんだよ。真実を告げることが必ずしも最善とは限らないんだ。指輪はこっちで回収するんだし、別の部屋のものだったということにしておきなさい」

瑶子さんが宣言した。

納得がいかなかったけれど、それが一番いい方法だということはわかる。しぶしぶながら僕はうなずいた。

紬さんに何度か電話を入れたが、まったく捕まらない。家を出たあと、いったいどこに行ってしまったんだろう。

そんなことを思っていたら、夕方になってから紬さんが店に現れた。

「今までどこにいらしたんですか」

「会社だけど。フツーに仕事です。これ、返しにきました」

紬さんがカウンターに、指輪をポンと置く。たしかに僕が集合郵便受けに入れた指輪だった。

「高畑さん、大変申し訳ありませんでした。どうやら作業現場で取り違えがあったらしく、こちらは六〇三号室から出てきたものではなかったとのことです」

僕は頭を下げた。

紬さんから返事がない。おそるおそる頭を上げたところ、唇を歪《ゆが》めた笑顔が目に入った。

「じゃあどこにあったの?」

「ほかの現場です」

「具体的に」

「すみません、それはそちらの方のプライバシーなどもあって」

「プライバシー? ……まったく。わかってますよ。修ちゃんがそう言うように指示したんでしょう」

「そんなことはありません。本当に申し訳ありません。こちらがよく確認せずにお渡ししたんです。責任を痛感しております」

　ふん、と紬さんが苦笑の声を漏らす。

「男っていつも同性同士でかばいあうんだから。あのねえ、昨夜修ちゃんから、設楽さんが今言った内容とまったく同じことを言われたの。別の部屋から出たものと勘違いしたんじゃないかって。そんな勘違いなんてしないでしょ、作業の人だってプロなんだから。逆に素人ならガメて売るでしょうね。プラチナ重量分の価値はあるんだし」

　僕は答えに窮した。紬さんはなかなかに頭の回転が速い。

「あの……、修也さんの浮気を疑ってる、ってことなんですか？」

「あたりまえでしょ」

「ご本人は否定されたんじゃないですか？」

「素直に認めはしないでしょ」

　紬さんが唇を尖《とが》らせる。

「本当のことを言っている、ただそれだけかもしれませんよ」

　僕の背後から声がした。瑶子さんだ。なお続ける。

「まるで身に覚えがないということなんでしょうね。信じてあげてもいいのでは」

　普段の声色とは違う、慈愛に満ちた声だった。少し懐かしい。ばあちゃんと呼んで甘えていたころの声だ。

「じゃあこれ、いったい誰の指輪なんですか」

紬さんも、僕に話していたときより声のトーンが下がっていた。

「それはあたしにもわからないですけどねえ」

高畑さん、と僕は呼びかけた。

「昨夜の電話でおっしゃいましたよね。お友達が部屋で指輪をなくされたなら探す、見つからなかったなら覚えていると。もしも修也さんのお友達の指輪だったとしても、修也さんは同じように行動するんじゃないですか？　まずは探す、見つからないままだったらあらかじめ私どものほうに言い含めておく。うっかりと紬さんに渡されては困るんですから。だから、修也さんの話は嘘じゃないと思います」

うーん、と紬さんが考えこむ。

「浮気相手がわざと隠したとか」

「それならもっと見つかりやすいところに隠すのでは」

「……かもね。でも納得いかない」

紬さんの気持ちを考えると、わからないでもない。

「昨夜はつい頭にきて家を出てきちゃったけど、あそこ、わたしの収入もあって借りてるのよね。どうすればいい？」

たしかに収入を合算して賃貸の審査を通した。でも詐称したわけじゃないし、収入が多少減ったところで、滞納さえないなら出ていってもらう必要はない。

「別れるつもりなんですか？　紬さんご自身も、これから出産とか育児とかありますよね」

僕は翻意をうながそうとした。

「うちの会社、そのへんの制度は整ってるから心配してない。ただ向こうに出てってもらうにしても、あの部屋は贅沢《ぜいたく》よね」

「高畑さん、落ち着いて考えましょう」

「夜は友達んちにいます。友達も怒ってくれて、興信所で浮気調査をしてもらうべきだって言ってる」

興信所とはまたいきなりな話だ。

「もう一度おふたりで話し合っては」

「この指輪、誰のものなのか、すっごく気になっているんです！　修ちゃんは基本家で仕事してるから、わたしの知らないとこでなにしてるかわからないじゃない！」

紬さんの声がどんどん大きくなる。

「修也さん、お仕事はなんでしたっけ」

「イラストレーターです。だから家に誰かを引き入れる時間はあるの。そう、仕事関係の人かもしれない。同業者に編集者、デザイナー」

「高畑さん、少し時間をおいて、お話し合いを」

「話し合うためには真実を明らかにしないといけないと思います。わたし、仕事の関係者を調べるつもり。あなたはあのマンションで聞き込みをしてくれない？」

「聞き込み？　僕……私がですか？」

「責任を痛感してるって言いましたよね。その責任を取ってください。平日の昼間、うちに誰か来ていたことはないか。あのマンション、管理人はいなかったけど、清掃業者はたまに来てたはず。そういう人たちに訊いてみてください。あと、昼間に家にいる人にも」

「そんなことをしたら、高畑さんのおうちに問題があったかのように受け取られかねませんよ」

「引越したんだからかまわない」

そういうものなのか？

「とにかく。あなたが届けてきたこの指輪が原因なんです。誠意を見せてください」

紬さんは帰ってしまった。

僕はカウンターに置かれた指輪を手に取る。なるほどたしかに、裏側にイニシャルが彫られていた。――R to M
頭文字がRの人からMの頭文字の人へ。

このMの人が誰かを僕が調べるということなのか。なんでこうなったんだ。

「あの子、真輝を興信所代わりに使うつもりだよ。うまいこと乗せられたね」

僕を見て、瑶子さんが苦笑している。

「瑶子さんももっと言ってやってほしかったよ。僕にはまったく太刀打ちできなかった」

「あたしだって口をはさむタイミングがなかなかなかったよ。まあ、お客さんってのは無理難題を押しつけてくるものだ。からきし合わない予算と条件で粘ってくることもある。なんとか解決法を見つけるしかないね」

4

ほとんどクレーマーだよ、カスタマーハラスメントだよ、とその夜は憤慨していたけれど、朝が来て、僕も冷静になった。

指輪は、たしかにカーサホリディ雅の六〇三号室にあったのだ。

なぜそこにあったのか。誰のものなのか。

それを追及したいと紬さんが思うのも当然だろう。——強引に人を巻きこんでくれているけれど。

一方で、紬さんも自分が巻きこまれたと思っているはずだ。僕の浅はかなふるまいによって。

まずはハウスクリーニングの業者に再確認をした。取り違えなど絶対にないという。訊くまでもない返事だった。次に、マンションの清掃管理を委託している会社にも訊ねてみた。六階、特に六〇三号室あたりで、なにか印象に残っていることはないかと。なにもない、という答えだった。なにか思いだしたら教えてほしいと、僕も定型の言葉で締めるしかなかった。

次はどうしよう。まじで住人に聞き込みを行うしかないのか。僕は探偵でも興信所でもないのに、難易度が高すぎる。

とりあえず腹ごしらえだ。

設楽不動産は駅前商店街の一角にある。じいちゃんが店を開いたときは、一階が店、奥と二階が住居という、昔ながらの個人商店のつくりだったそうだ。今は再開発を経て、同じ場所にマンションが建っている。周囲の商店何軒かとともに、一階部分に店、マンション内に住居という権利をもらった。マンションは分譲で売り出されたけれど、権利だけ持って貸している部屋もあり、うちが管理を任されている。ちなみにうちと同時期にマンションの一階に店を移したなかで、今も残っているのは蕎麦屋《そばや》だけだ。商売は難しい。

顔なじみの店員さんに礼をして、カウンターの隅の席へ向かう。蕎麦屋だけど、注文するのはたいていカツ丼だ。蕎麦の一枚二枚じゃ足りないせいもあるけれど、僕が高校生のころに代替わりをして、揚げ物が格段に美味《おい》しくなった。年齢的なことと安全面から、瑶子さんは家で揚げ物をしない人だから、ここの店には大変お世話になっている。と、あとから隣に座った女性から、化粧くさいにおいがした。有名な香水のにおいだ。

昔、これまた超有名な女性の俳優が寝るときにこれをつけると言ったため、世界を席《せっ》巻《けん》した香水だと瑶子さんから教わった。それだけ好きな人の多い香りだけど、僕は苦手だ。

僕を誘拐した女の人がつけていたのが、これだった。

解放された直後には思いだせず、街ですれ違った女性から同じにおいがして、この人が犯人だと叫んで騒ぎになったことがあった。誘拐されたときに女の人をくさいと感じたのは香水のせいだったのかとやっと悟り、手がかりだと興奮して警察に伝えたが、有名だからつける人も多く、期待はしないでほしいと言われた。

あのときの恐怖や、警察へのがっかりした気持ちがよみがえるので、これをつけている人はどうも苦手だ。店員さんを拝み、空いていたふたり席を指さして移動させてもらう。

店員さんもにおいに気づいていたのだろう、うなずいてくれた。

やがて僕の席に、卵でとじられたカツ丼がやってきた。単純な僕は、すっかり気分が変わる。うん、今日もカツが厚くてジューシーだ。タレをまとった卵も甘じょっぱい。さくっとした衣がしっとりに変わった絶妙なタイミングがまたいい。

さらなるカツを口に入れようとしたとき、目の前に影が立った。

「よう、しーま。相変わらず暢気《のんき》そうだな」

目鼻立ちのはっきりした濃い顔の男性が、にやにやと笑っている。小学校と大学の同級生、赤坂元太《あかさかげんた》だ。間《あいだ》が抜けているのは、彼が私立の中高一貫校に行っていたせいだ。席につくと同時に手を挙げ、天ぷら蕎麦の大盛りを注文している。

「そう見える？　結構大変なんだけど」

「客は向こうからやってくるし、社長は身内だし、楽なもんじゃないか。俺なんて外回りでへとへとだよ。それなりの恰好《かっこう》でいなきゃいけないから暑いし。あー、夏が来るのが怖い」

届けられた水を一気に飲み干し、元太はおかわりを頼む。

「ノルマ、きついの？」

元太は割と大きな銀行で、法人担当をしている。

「多少な。けど、成績は悪くない。上にも目をかけてもらってる」

腕につけたタグ・ホイヤーを外し、おてふきで手首を拭いてまたつけ直す。酒を飲んで腕時計を外す友達とは元太のことだ。

「へえ、すごいじゃん」

「しーまもさ、あのまま就活続けてたらよかったのに。ギリギリになってやめるなんて、まるで敵前逃亡じゃね？　資格だって大学んときに取ってあったんだろ？　宅地建物取引士だっけ。うちの銀行にも持ってるのがいるぞ。あれがありゃ、信金程度には行けたんじゃないの？　ま、俺にはかなわないだろうけど」

「おまえこそ相変わらずのジャイアンぶりだな。そんなに口の悪いやつがお偉いさんのお客に接してるなんて信じられないよ」

「ばーか。俺だって人を選ぶよ。親しい相手にしか言わないって。おまえの能力がもったいないって思ってるだけだよ。ずっと公立で来てたくせに同じ大学に入られた俺としては、けっこう複雑なんだぜー」

「はいはい、ありがとさん」

元太からだけでなく、就活を切り上げて家業を継ぐことにしたときに、いろんな人からさまざまに言われた。じいちゃんの骨折とか設楽不動産のこれからとか、僕なりに考えて決めたことだけど、逃げたかのように受け取る人は多かった。望み通りの内定がもらえなかったやつからは、ズルをしたかのような目で見られた。説明しても納得してくれない人もいるので、適当に流すしかない。

「まあ、入行できたにしても、その先やってけるかどうかはまた別の話だ。もちろんどんな仕事でもそうだけど。そこいくと今回俺が持っている案件は、なかなかうまくいったほうだなあ」

元太はおてふきを畳み直している。マウンティングがはじまると長いだろうから、僕は話題を変える。

「ところで元太。仮におまえが浮気するとしてさ、その場合、彼女と暮らしている自分の家に、相手を連れてくる？」

元太の目が丸くなった。みるみる顔が赤くなる。

「な、なんだよ、あからさまに話題をチェンジして。まさか、美玖《みく》がなんか言ってきたのか？」

次に顔を赤くしたのは僕だった。

「いやごめん、美玖ちゃんは関係ない。一般的にはどう考えるかなっていうか、参考にさせてもらおうと思って。仮に、の話だって。仮にそうだとしたら、家で会う？」

元太は怪訝《けげん》な顔で僕を睨む。美玖――一条《いちじょう》美玖というのは、僕らの大学の同級生だ。ふたりがつきあいはじめたのは四年生のときだ。僕が家のことで忙しくしているあいだに、気づいたらそうなっていた。元太は在学中から、親が転勤で不在の自宅マンションをひとりで使っていて、今は美玖も一緒に住んでいる。

結局、どちらから好きになったんだろう。やっぱり元太かな。

「俺はそんなことしやしないけど、ケースバイケースじゃないか？」

元太が水のおかわりをごくりと飲んだ。

「ケースバイケース？」

「たとえば外で会うほうがひとめにつくとかのケースだよ。でも前提が、女の子と一緒に暮らしてる、だよな。女同士が鉢合わせる可能性を考えたら、やっぱり家には入れたくないんじゃないか？」

「だよねえ。僕もそう思う」

しかも浮気相手が結婚指輪を家に隠していく、なんて、まずありえないと思うんだけど。

「どうしたんだよ。おまえ、今、カノジョいたっけ」

「いないいない」

「もしかして人妻にでも誘われたとか？」

「誘われてもいない。そういうんじゃないって。ちょっと仕事でな。でもありがとう。感謝する」

僕は残りの丼をかきこむ。

「ありがとう、だ？　いったいどんな仕事してんだよ。逆に心配になるわ。おまえんとこ、ちゃんと回ってんのか？」

「だいじょうぶ。でも貧乏暇なしだよ。じゃあお先に」

元太の天ぷら蕎麦が運ばれてきたのを機に、僕は席を立った。せいぜいがんばれよ、という元太の声を背に店を出る。

設楽不動産へと戻りながら、僕は次の手を考えていた。

築二年。独身者と共働きカップルの多いカーサホリディ雅は、昼の在宅者が少ない。もしも修也さんが家に女性を入れていたとしても、目撃者の見つかる可能性は低いだろう。闇雲に当たっても時間の無駄。狙い目は育児中の家庭。大人も子供も、住人は入居者名簿に記載をするきまりになっている。新たに生まれれば追加もしている。こういう目的で個人情報にアクセスするのは正しくないとは思うけど、この際、だ。あとは同じ階の人ぐらいだろうか。

そうやって僕は、何人かの聞き込み候補をピックアップした。

5

夜になってから風が強くなったせいもあり、カーサホリディ雅、六階の外廊下はひんやりする。昼にいる人を狙ったものの、それでも不在の人が多かったので、僕は夜に再度出向いていた。

「あら。どこにあったんですか」

六〇一号室の磯部萌恵《いそべもえ》さんは玄関の外まで出てきて、閉まった扉を背に言った。

手に載せているのは、僕が持ってきた指輪。R to M のイニシャルが刻まれたものだ。

磯部家の夫の名前は亮《りょう》。RからMへ。まさかと思いながらも訊ねてみた結果がこれだ。

思ったよりあっさり見つかって、僕は驚いていた。

「本当に磯部さんの指輪なんですか？」

ええ、と萌恵さんは、指輪を左の薬指にはめる。

「ほらぴったりでしょう？」

そう言う萌恵さんだが、さほど嬉しそうな顔をしていない。なくしていた結婚指輪が見つかったなら、もっと大喜びするものじゃないだろうか。

「いつなくしたんですか」

「……いつだったかしら。覚えてないのよね」

萌恵さんが考えこむ。

どうしてこの人の指輪が、六〇三号室で見つかるのだ。まさか修也さんとなにか……

いやいや、それは訊けない。だけど、とつい萌恵さんを見つめてしまう。

「これ、返してもらっていいんですよね？」

萌恵さんは僕のようすにいぶかりながら、薬指から指輪をいったん抜いた。僕の目の前に掲げてくる。

本人のものなら返すのが道理だろう。イニシャルも合っている。

はい、とうなずきかけたそのときだった。

「どういうことですか！」

右斜めうしろから声がした。その位置にはエレベータがある。険しさのある声と勢いで、誰だかわかってしまった。こわごわ振り返る。

やはり、紬さんだ。

「それ、その指輪！」

指をつきつけながらやってきた紬さんは、僕を押しやった。萌恵さんはひるんだものの背中を自室の玄関扉に阻まれ、横に避《よ》けた。小声で答える。

「あたしの……ですけど」

「あなたの？」

とそこで紬さんは、僕に向き直った。

「どういうこと？　なんで勝手に渡すの？」

「え？　いやだって、誰のものか調べろって。それに高畑さんは、指輪の所有権を放棄してますよね」

「わたしに知らせずに渡して、うやむやにするつもりじゃないの？」

「そんなことありませんよ。確認してからお知らせするつもりでした」

言い争う僕たちを見ていた萌恵さんが、「あの」と声をかけてきた。

「高畑さん、お引越しなさったと伺いましたが」

「その指輪、うちで見つかったんです！　うちの洗面台の隙間から」

萌恵さんはまず指輪に、次に紬さんへと視線を向けた。

それからゆったりと笑う。

妖艶、と表現できる笑みだった。萌恵さんはたしか二十代後半、けれどもっと年上に見えた。

「なるほどね。わかりました。でもどうしてあたしの指輪が高畑さんのうちにあったのかなあ」

その言葉に、紬さんが、ぎゅっと息を吞《の》む。

「それ、わたしが聞いてるんですけど」

「謎ですねえ。あたしにもわかりません。これ、お返しいただきますね。それじゃ」

萌恵さんはいつの間にか扉のレバーハンドルをうしろ手にしていたようだ。身体《からだ》が入る幅だけ開けて、するりと扉の内に消える。困惑する間さえもらえず、扉は閉ざされた。

「ちょ、ちょっと！　話はまだ終わってない」

紬さんがレバーハンドルに取りつくも、内側から鍵がかけられたのか動かない。

「ちょっとあなた、あなた、うちの修ちゃんと」

扉を叩く紬さんに、「高畑さん」と僕は呼びかける。

「扉を閉めるってことは、話をする気がないってことですよ。突然のことで磯部さんもびっくりしてるんですよ。あとで僕……私が話をしてみますから」

「逃げるな！」

拳をふり上げ、なおも扉を叩く紬さん。興奮して肩で息をしている。その息が急に乱れ、声が出なくなった。扉にてのひらをつき、うなだれる。

「高畑さん？　だいじょうぶですか」

僕に向き直った紬さんは、青白い顔をしていた。

「お身体に障《さわ》りますよ。今日は帰りましょう。泊まっていらっしゃるご友人の家まで送ります」

紬さんが力なくうなずいた。

社用車のステーションワゴンで来ていた僕は、紬さんを後部座席に乗せた。念のため病院で診《み》てもらってはどうかと提案したが、その必要はないという。

友人宅までの間、ぽつりぽつりと話をした。紬さんはけだるそうで、その分、さっきよりテンションが低かった。あの場に現れたのは、僕を信用しきれなかったかららしい。気になって仕事もうわの空になってしまったので、ストレスを抱えるより自分の手で聞き込みをしたほうがましと、仕事帰りにカーサホリディ雅に寄ったそうだ。

紬さんが問い合わせた修也さんの仕事の関係者は、のきなみ彼の浮気を否定したそうだ。そう言われたのなら信じればいいのに、肯定する人はいないしね、と紬さんは醒《さ》めている。信じるつもりがないなら訊かなきゃいい。

「高畑さん。私が言うのもなんですが、おふたりが広いお部屋に移りたいと相談にいらしたとき、とても幸せそうで、正直、まぶしかったです。修也さんは、浮気をなさるような方には見えません」

「わたしだって修ちゃんが浮気するような人だと思ってなかった。だけど証拠が出たじゃない、指輪っていう証拠が。しかも相手まで判明した」

不快そうに、紬さんが吐き捨てる。

「どこかに間違いがあるんですよ。洗面台の隙間に指輪がはさまった理由が必ずあるはずです」

「あの人、笑ってた。謎ですねえ、なんて言って。なにが謎よ。自分が仕掛けたに決まってる」

「本当にわからなかったのかもしれませんよ」

僕は、相槌《あいづち》とも反論ともつかない返事をする。

「知ってる？　芸能人のカップルって、つきあうと同じマンションに住むようになるんだって。外で一緒に会ったり互いの家を訪ねたりしてると、芸能雑誌にかぎつけられるでしょ。それを防ぐためなんですって。同じマンションなら、まず気づかれないでしょ」

芸能人って。そんな派手な話にしなくても。

「まさか相手が一部屋置いて隣の人だとは思わなかった。同じ階だったけど、ほとんどつきあいなかったしさ。顔が合えば会釈する、その程度。どのうちもそうだけどね。あんなに若い人だったんだ。しかも色っぽかった。修ちゃん、ずっと家にいて、くらっときたのかな。もう、最低」

紬さんが手で顔を覆う。泣いているようだ。怒ったり泣いたりと、感情の揺れが極端だ。

僕はいつだったかの瑶子さんを見習い、出せるかぎりの柔らかな声をかけた。

「あのですね、私、叔母がいるんですよ。その叔母に子供が産まれたのが、八年くらい前だったかな。妊娠中にこう、すごく感情的になってて。マタニティブルーとかいうそうですね。あの、失礼ですが高畑さん、今そういう状態じゃないんですか？ 落ち着くまでいったん考えるのをやめるというのはどうでしょう」

「知ったような口を叩かないで」

「ですね……。すみませんでした」

「設楽さん、お願いがあります。駅近で安全な、1LDKか広めのワンルームぐらいの部屋を探してちょうだい。カーサホリディ雅ほど高くないとこ。多少古くてもいい。もちろん子供入居可ね」

え、と振り向きそうになって、慌ててハンドルを握り直す。バックミラーの向こう、暗くて表情がよく見えない。

「別れるってことですか？」

「その可能性があること、以前も話しましたよね。よろしくね。迷惑料代わりに仲介手数料をカットしていただけるとなお嬉しい」

「待ってください。よく考えてくださいよ。修也さんにも話を聞きましょう」

「知らないって言うに決まってる。全然、こっちの話、聞いてくれないんだもん」

それは紬さんが、頭から疑ってかかってるせいもあるのでは。

「修也さんには私が訊きます。事情を教えてもらいます。だから高畑さん、判断を間違えないでください」

「判断？」

「そうです。ここで間違えると、人生が変わってしまいます」

紬さんはしぶしぶながら、任せると言ってくれた。

僕は紬さんを送り届けた足で高畑家の新居に伺い、修也さんに時間を取ってもらった。

こういうのは電話じゃダメだ。直接じゃないと。

修也さんはやつれてこそいなかったが、不精髭《ひげ》が伸び、どこかすさんでみえた。心配の声をかけたが、本人はイラストの締め切りが近いから身なりにかまっていられないだけだと言う。

僕は、指輪が六〇一号室の磯部萌恵さんのものだったこと、確かめに行ったときに紬さんと出くわしたことを報告し、なぜ彼女の指輪が六〇三号室で見つかったのか、思いあたる理由はないかと訊ねた。

答えは、NOだった。

同じ階だったが、ほとんどつきあいはない。顔が合えば会釈する、その程度と。申しあわせたわけでもないだろうに、紬さんとまったく同じ答えを返してきた。そのうえ顔も覚えていないという。本当に？　けっこう美人でコケティッシュな人だったのに。そこまで言っても知らないという。そして仕事が忙しいから帰ってくれと言われた。

紬さんはかなり怒ってますよ、とも伝えたけれど、向こうが信じない以上どうしろというんだ、と睨まれた。

本当に、どうすればいいんだろう。

6

瑶子さんに報告したところ、一蹴された。

「はちあわせかい。それは間が悪かったね。けど、話がいっぺんに済んでよかったじゃないか」

「なにを言うんだよ。紬さんが興奮して具合悪くなって、まじヤバいと思ったんだから」

「だけど真輝、指輪の持ち主は六〇一号室の人でしたなんて話、あの子にどう説明するつもりだったんだい。この間うちにきたようすを見た感じだと、聞いたとたんに相手の部屋に殴りこみにいきそうだったじゃないか。きっとあの子はそうしたよ。そして興奮もしたよ。おまえがいただけ、少しは安全だったと思えばいい」

たしかにそうかもしれない。紬さんが乗りこむようすは容易に想像がつく。

「でもこの間は瑶子さんも、ごまかしたほうがいいようなことを言ってたじゃないか」

「ごまかす？」

「先にイニシャルを見て、本人のものとは違う指輪だとわかったら、一方だけに連絡をして対応を任せるとか、そんなようなことを」

「そりゃそうだよ。当事者同士の問題なんだから。だけど一度関わっちまった以上、落としどころを探すしかないだろ。あの子のようすじゃ、持ち主はわかりませんでしたって結論じゃ、絶対に納得しないよ。はっきりさせられてよかったんだよ」

「すごく責任を感じる」

僕は文字通り、頭を抱えた。くしゃくしゃっと髪を掻《か》いてみるが、どこかの名探偵ではないので、よいアイディアは浮かばない。

「結局は夫が浮気男だったってことだ。そういう相手を許すか許さないかは妻側の問題だよ。引越しや出産間近というタイミングと重なったのは厄介だったけど、いずれそうなる運命だったんじゃないかい」

瑶子さんが突き放す。

「修也さんは否定してるんだよ。六〇一号室の人の顔も覚えていないって。まあ、けっこう美人なんだけどね」

だから顔も覚えてない、はさすがにないと思う。でもイコール浮気とはいえない。

「それを信じるかどうかも妻側の問題だ。おまえが気にしても、どうしようもない」

「でも、僕が最初の対応を間違えたから、こんなことになってるんだよね」

「真輝、たしかにおまえは安易な対応をしたかもしれないけど——」

「僕の間違いが、高畑さんたちの人生を変えてしまうかもしれない。紬さんに判断を間違えないでって頼んだけど、最初に間違えたのは僕なんだ」

憐れむような顔で、瑶子さんが見てくる。

「まだそういうのを、気にしてるのかい。たしかに間違いは人生を変えるよ。だけどそれも含めて人生だ。人間、正しいほうばかりを選べやしないんだよ」

「僕にはそこまで悟れないよ。だから……」

「だから、なんだい」

「間違えないよう、手助けをしたいと思ってる」

瑶子さんが、小さなため息をついた。

なにができるんだい、と言わんばかりに。


そして、なにもできずにいた。

紬さんに修也さんの反応を連絡することさえ、後回しにしていた。最後通牒《つうちょう》をつきつけることになりそうだからだ。

一方で、カーサホリディ雅六〇三号室に関する仕事は進む。退室に伴う業務がすべて終わったので、次は入居にむけての作業だ。すでに新しい人との賃貸借契約は結んでいる。今日はクリーニングが済むまで待ってもらっていた鍵の引き渡しだ。この段階で借主に部屋の状態を見てもらう。壁や床の傷の有無、シンクや水栓、扉の建てつけなどを一緒に確認して、退去の際のトラブルを防ぐのだ。

次の借主もカップルだ。斎藤《さいとう》さんと本田《ほんだ》さん。結婚に伴い男性——斎藤さんのほうが先に住む。彼の引越し作業のあと、同居のための荷物の運びこみが何度かあるとのこと。エレベータを頻繁に使う日は知らせてくれるよう頼んでおく。

「眺めがいいねえ」

女性——本田さんが嬉しそうにつぶやき、バルコニーへの掃き出し窓を開けた。

入居者がいたため、ふたりが部屋に入るのは今日が初めてだ。図面と写真で契約をした。写真は広く感じさせるように撮るので、実物を見てがっかりというケースもある。

ここも1LDKを名乗る割には狭いが、眺望のおかげで満足いただいているようだ。

「向かいが四車線道路だからうるさいかと思ったけど、全然だいじょうぶですね」

と斎藤さん。正直、夕方にはまだ間のある午後の時間帯のせいで交通量が少ないからなのだが、窓を閉めればそう気にならないだろう。

「物干金物のようすもご確認ください。スリッパをご用意していますので、バルコニーにどうぞ」

僕は手提げ袋から二組のスリッパを取りだし、バルコニーの床に置いた。

と、そのときだった。

隣の六〇二号室との境に設置された間仕切り板の下の隙間から、なにやらもこもこした茶色の物体が頭を覗かせ、みょーんと滑りだして膨らんでくる。

「う、うわっ」

僕は腰を抜かしそうになった。茶色の物体はその体積を増やし、こちら側へと現れた。猫だ。

「わあ、かわいい」

本田さんが頬を緩める。

「あ、こ、こちらは案内にも記しましたがペット可の物件で」

僕は焦りを隠しながら説明する。猫でよかった。これが蛇とかトカゲといった、飼ってはいけないとしているペットだったら大変なことになる。

いや、猫であってもバルコニーで飼ってもらっては困る。

「おいでー。あそぼー」

本田さんは掃き出し窓のそば、膝を床につけて茶色の猫を呼ぶ。

猫は悠然と部屋に上がりこんできた。本田さんの伸ばした手に近寄りようすをうかがってから、また離れる。太陽の光が、なにかの反射を受けて室内に差し込んできた。興味を惹《ひ》かれたのか猫はそちらに向かっていく。好みの場所を見つけたとばかりにそばまで移動して、床にぺたんと伏せた。ちょうどフローリングの傷補修をしたあたりだ。いい職人さんが入ったのか、ほかと区別がつかない。

茶色の猫は、しっぽを揺らしながらぽーっと窓の外を見ている。向かいのビルの窓が光っていた。

「やだあ。なんて愛らしいの。やっぱり飼うのは猫にしようよ」

「こないだペットショップに立ち寄ったときは、犬がいいって言ってたじゃないか」

本田さんが猫に寄っていき、斎藤さんが本田さんに寄っていく。

僕は間仕切り板の下の空間を見ていた。子猫ならともかく、こんな狭いところから大人の猫が入ってこられるとは。

「すみません。まさかあんな狭いところからやってくるとは」

「猫は液体だもん」

本田さんが謎の発言をする。猫は液体？ 猫も犬も固体では。

「猫は伸び縮みするから、液体と呼ぶ人がいるんですよ。ヒゲで測って入れそうな隙間なら、狭くてもすり抜けられますしね」

斎藤さんが解説をしてくれる。猫もカップルもとても幸福そうなようすで、床でくつろいでいる。猫は本田さんに撫でられても平気なようだ。絵のようになごむ風景だが、仕事を進めなければ。

「あの、すみません。猫、隣に返してきます」

僕はふたりに声をかけた。

「バルコニーに戻しておけば帰巣本能で戻るんじゃないですか？」

斎藤さんが無責任なことを言う。

「いやそういうわけにも。それに、ここはペット可ではありますが、バルコニーには出さないようにしてください。ほかの方の迷惑になりますし、万が一にも事故が起きたらかわいそうです」

それはそうですね、と本田さんがうなずく。

「お隣さん、どういう方なんですか?」

「独身の男性です。猫を飼ってることは聞いています。入居の際に、飼っていいのは何匹までかと訊かれたことがあって。ちなみに基本は一匹です。大家さんが動物好きなので、お願いすれば二匹ならだいじょうぶみたいですが。あ、避妊、去勢手術は必ずお願いします」

「わかりました。それにしても、人慣れしてていい子。かわいいねー」

本田さんはまだ茶色の猫を撫でている。

「仲良くなれそうだなあ」

斎藤さんもニコニコしている。

ふたりを待たせて六〇二号室を訪ねてみたが、留守のようだ。これはまいった。隣の人が帰るまで預かってもいいと斎藤さんと本田さんには言われたが、それはできない。かといって、設楽不動産に連れて帰るわけにもいかない。よくないなあと思いながらも、入ってきた隙間に猫の顔を寄せてみた。猫はやってきたときと同じように、すいいっと向こう側に消えた。六〇二号室には、猫をバルコニーに出さないようお願いします、と書いた名刺を入れておいた。

そしてひと騒ぎがあり――

僕は高畑夫妻を呼びだした。

7

設楽不動産の応接室に、張り詰めた空気が漂っていた。

応接室といってもパーティションを駆使して区切っただけの空間だ。ただ、壁に貼られた物件案内の紙や書類棚にぎっしり詰まったファイル類からは逃れて、瑶子さんが選んだ風景写真のカレンダーが仕切りの板にひとつあるだけ。そんな落ち着きは演出できている。

ときには高額な物件も扱うため、緊張に充《み》ちることはままあるが、今日はそういった張り詰め方とは少々違っていた。

「場所を設けていただきありがとうございます、話し合ってみますね、って反応を期待されているのかな。とても今、話し合う気になれないんですけど」

紬さんが、険しい顔で言う。

修也さんも、冷たい目を向けている。

「同感ですね。話し合うためにはまず、人の話を聞くという姿勢が必要でしょう。なのに頭から否定されては」

「それは修ちゃんが──」

僕はパン、と手を打ち鳴らし、そのまま拝む。

「まず私から説明させていただけませんでしょうか」

お茶をどうぞ、と瑶子さんが盆を運んできた。興奮して茶碗《ちゃわん》が飛び交ったら怖いから私はやだ、と三木さんがびびったせいで社長手ずからのお茶出しなのだけど、状況を見届けるつもりだろう。そのまま、出入り口の脇に置いた椅子に座る。

「おふたりが住んでいた部屋の洗面台の隙間から見つかった指輪のことですが」

と、僕は鍵をまとめるときに使うキーリングを、テーブルの端に置いた。

「なんの真似《まね》？」

紬さんが眉間に皺を寄せる。

「指輪の真似です」

「……どんな意味があるっていうの」

「あるんです。こうやって、こう」

僕は指の関節を丸め、その状態のままキーリングをついて、テーブルの真ん中まで移動させた。そしてですね、と言いながら自分の茶碗を茶たくから外し、それぞれをキーリングの両脇に置く。

「お茶碗が洗面台、茶たくが壁としますね。こんなふうに、このふたつの間に入れちゃったわけですよ。――猫が」

紬さんと修也さんのふたりが、不思議そうな顔をする。

指の関節を丸めた僕の手は、猫の手のつもりだった。その形のまま、キーリングを茶碗と茶たくの間に押しやる。

「聞いたんですよ。隣の六〇二号室にお住まいの角屋《かどや》さんに。猫によっては、こういう小さいものをつんつんと転がして遊ぶことがあるそうですね。転がして転がして、なにかの拍子に隙間に入りこんでしまった。その直後は隙間から取りだそうとするけど、飽きるのか忘れちゃうのか放置したままになったりもするそうです。角屋さんのお部屋でも、帰宅すると、猫が遊んだあと忘れ去られたおもちゃがあちこちに落ちているとか」

キーリングは、茶碗に接する茶たくのカーブの下に隠れていた。上からは見えなくなっている。

「設楽さんがなにをなさりたかったかはわかりました。でもうち、クッキーちゃんとお別れしてから先、猫も犬も飼ってませんでしたけど」

紬さんが困り顔を見せてくる。修也さんは苦笑しながら言った。

「まあ、理論的には、そういうことがあったのかもしれない」

でしょう、と僕は修也さんにほほえみかける。

「リビングにはカーペットを敷いていらしたとのこと。なかでも修也さんのデスク回りだけ、表面が毛羽立っていたとか。それ、椅子に座ったまま動いただけじゃなく、猫が爪を立てたなどのせいでもあるんじゃないですか？　実はおふたりの次に入居される方を案内していたとき、茶色の猫がバルコニーのほうからやってきたんですよ。あたりを見回して、ちょうどフローリングに小さな穴があった近くで寝転がりました。しっぽを揺らしながらぼんやりと外を見ていて、ずいぶん馴染《なじ》んだようすでした」

目を丸くして僕の言葉を聞いていた紬さんが、修也さんに向けて眉尻を上げた。

「どういうこと？」

「いや……、角屋さんちの猫が、設楽さんの言ったその茶色の猫が、たまにバルコニーから遊びに来てたんだよ。いやほんと、たまーに、だよ。俺、家にいるから、窓を叩かれるとつい入れたりして。たしかに俺のデスク回りで寝ころんでいた。ちょうどいいモデルだとデッサンしたこともある」

修也さんが、ぽつりぽつりと話しだす。

「嘘。わたし知らないって」

「だって来るの、平日の昼間だけだし。たぶん角屋さん、自分が仕事で部屋にいない間、好きにさせてるんじゃないの？」

「じゃあその猫が、リビングのどこかに落ちてた磯部さんの指輪を、洗面台の隙間まで持ってったってこと？」

「違うってば。磯部さんがうちに来たことはない」

「来たことのない人の指輪が、あるわけないじゃない」

だから、と僕は口をはさんだ。

「指輪は磯部さんの部屋から運ばれてきたんです」

「わざわざ？」

「角屋さんの猫が？」

紬さん、修也さんと訊ねてくる。

「違います。茶色の猫は、磯部さんが飼っている猫なんですよ」

斎藤さんと本田さんの鍵の引き渡しが終わったその夜、六〇二号室の角屋さんから名刺を見たといって電話がかかってきた。

角屋さんは、猫をバルコニーに出したことなどないという。でも今日の昼間、バルコニーの間仕切り板の下からやってきたんです、いやいやそんなはずはない、などと何度もやり取りをして、角屋さんの猫はハチワレという白黒の顔を持つタイプと、白猫の二匹だと知った。ではバルコニー伝いにやってきた茶色の猫は、とそこまで話をしてやっと、飼い主は磯部萌恵さんではないかと見当がついた。

指輪のことで話を訊きにいったとき、萌恵さんは玄関の扉を閉めて、外廊下に出てきていた。僕を警戒したせいかと思っていたが、戻るときも身体の幅だけ扉を開け、すぐさま閉めた。あれは、猫が外に出ないようにしていたんだろう。

「じゃああの茶猫は、間の六〇二号室を経てうちに来てたんですか」

修也さんは驚いている。

「磯部さんの猫って知らなかったの?」

紬さんが呆れたように言った。

「てっきり角屋さんのだと。いつだったか、壁ごしに鳴き声が聞こえたらすみません、みたいな話をされたことがあったから。あのとき俺は、茶色の猫のことを言ってるんだと思ってた。でも角屋さんは、自分の猫の話をしてたんですね」

「そういうことなんでしょうね」

と僕はうなずいた。

「角屋さんも平日の昼間は仕事で出ているので、茶色の猫がバルコニーを行き来していることに気づかなかったそうです。バルコニーにほとんど物を置いてないせいもあったようで。磯部さんにも確認しました。冬はしていないけれど、それ以外の季節は不在中の平日昼間に窓を開けていたそうです。街道沿いだし六階だから、泥棒が入ることはないと、猫自身が快適な場所を見つけるに任せてたって。もとが野良だったせいなのか屋外が好きだそうです」

「指輪のこと、なにか言ってました？」

修也さんが食いつくように訊ねてくる。再度の訪問をしたとき、磯部さんは平然とした顔で薄笑いを浮かべていた。そのまま伝えるわけにはいかないので、オブラートに包む。

「指輪は、いつの間にかなくなってた、とおっしゃってました。猫が転がしたり咥《くわ》えたりしていったんじゃないかと訊いたら、なるほど、と納得なさっていましたよ」

はああ？　と言いながら、紬さんが立ちあがった。

「なるほど、ってなによ、なるほどって。設楽さん、あのときあの人、意味ありげに笑ったよね。どうして指輪がうちにあるのかとか、謎ですねえとか言って。なんのつもり？」

「……わかりませんが、たしかに謎だったわけですし」

僕は紬さんの剣幕にたじろぐ。

「面白がってた。あの人絶対、面白がってた。なにがどうしてよっ。なにが謎よっ。ふざけるのもいいかげんにしなさいよ！」

「世の中にはいろんな方がいらっしゃいますからね」

応接室の出入り口そばで、瑶子さんがぽつりと言った。

我に返ったように静かになった紬さんが椅子に座る。さすが瑶子さん、年の功だ。多くを語らずとも伝わる。

「ひどい女だな。振り回されたんだよ、紬は。言ったろ？　俺にはまったく身に覚えがないって」

修也さんが紬さんに向けて身を乗りだす。

「そうだね。……ごめん。だけど修ちゃん、どうして猫の話をしてくれなかったの。あらかじめ聞いてれば、わたしだって指輪があそこにあった理由に気づいたのに」

「だって紬、クッキーを亡くしてから、もう新しいペットは欲しくないって、あの子のことを思い出すって、辛そうだったじゃないか。テレビで子犬や子猫が出てくるだけでクッキーを思い出しては涙ぐんでさ。けど俺は、ああいうもふもふしたの、触るだけで幸せなんだよ。だから角屋さんの猫を歓迎してたんだ。あ、磯部さんの猫か。だけど俺ひとりが猫をかまってるって知ったら、紬を傷つけるかなと思って言えなかったんだよ。コロコロで、猫の毛も始末するようにしてた。俺が家にいるからこそできたことだけどさ」

「……修ちゃん」

「わかってくれた？」

修也さんの手が、紬さんの手に重なった。紬さんが修也さんを見上げ、指を絡める。

僕は心の中で、二度ため息をついた。

よかった。と、いきなりそれかよ、と。

高畑夫妻は手をつないで帰っていった。萌恵さんの悪口を言いながら。紬さんが修也さんの言い分を信じなかったことや、修也さんが問題の収拾を図るために別の部屋にあった指輪だとごまかそうとしたことなど自分たち自身の問題は棚上げにして、すべて萌恵さんが悪いと責任を転嫁していた。彼女は他人の不幸を楽しみたい人間だ、ともうさんざんだ。

結局紬さんの指輪は見つからないままだし、納得いかないものはあるけれど、とりあえず一件落着を喜ぼう。

ふたりは間違った道を選ばなかった。僕はその役に立てたんだ。

8

六〇一号室から鍵の交換依頼があったのは、それから間もないころだ。

依頼者は夫の磯部亮さん。

「鍵の交換は有料になりますが、なくされたかなにかですか？」

僕は確認する。自己都合なので交換料は磯部さん持ちだが、貸主にも了解を得ておかないといけない。

「なくしても落としてもないけど念のためだ。もう入られたくないんで」

「入られたくない？」

ち、と電話の向こうで小さな舌打ちが聞こえた。

「離婚したんだよ」

僕は息を呑んだ。呑んだことを悟られないよう、穏やかな声を作る。

「合い鍵を返していただいていないのでしょうか。お渡しした鍵はすべて退去の際にこちらまでお返しいただくことになっているのですが」

「返してもらったよ。でもスペアを作ってるかもしれないじゃないか」

「わかりました。それでは業者に連絡をしますので、ご都合のいい日時をお知らせください。入居者名簿からも、磯部萌恵さんのお名前を削除いたしますね」

咳払《せきばら》いが聞こえる。

「あー、削除と……追加で。追加のほうは磯部多香子《たかこ》。まだ籍が入ってないけど」

「承知しました。では書類をお送りしますのでご提出ください。間違いがあるといけませんので」

僕は動揺を押しこめる。

萌恵さんが、指輪はいつの間にかなくなってた、と言ったわけ。猫が転がしていったのではと問うても、平然としていたわけ。そういうことだったのか。

「そういえば猫はどうなさったんですか」

思わず、訊ねてしまった。

「なんだよ、なんで猫がいるって知ってんだよ。ここに入るときはいなかっただろ。そういうプライベートにも関わるの？」

「あ、い、いえ、すみません。鍵の工事のときに脱走すると危ないと思いまして」

僕はそそくさとごまかした。萌恵さんは、バルコニーに猫を出さないでくださいと僕から要望があったことさえ、亮さんに伝えていなかったのか。

「猫はもういない。安心してくれ」

わかりました、と答えながら、僕は思う。

もしかしたら萌恵さんは、僕が指輪を渡しにいったときから、真相に気づいていたのかもしれない。

高畑さんの部屋から自分の指輪が見つかり、そのことで紬さんが興奮している。なにが起こっているのか、紬さんがなにを疑問視しているのか、わかっていたんだ。

――どうしてあたしの指輪が高畑さんのうちにあったのかなあ。

あの言葉は嫉妬だ。

会釈をする程度のつきあいであっても、高畑夫婦が仲睦まじいことはすぐにわかる。他人の不幸を楽しみたい、とまでは思わないにせよ、ちょっとかき回してやれと、そんな意図があったのだろう。

そして妖艶な笑みを浮かべた。

僕は瑶子さんに、カーサホリディ雅の入居者に変化があったことを伝えた。

「以前、三木さんが、別れたほうが幸せってこともあるって言ってたよね。離婚してすぐに別の女性と同居するような夫とは、きっと別れたほうが幸せだよね」

「なんだいいきなり。うちは離婚問題には関わらないよ」

呆れ顔で、瑶子さんが睨んでくる。

「わかってるって。萌恵さんの選択もまた間違ってなかったと思いたいだけ」

「間違い間違いって、いいかげんそこにこだわるのはやめなって言ってるだろ」

「だけどやっぱり、気になるからさあ」

小学三年生の夏、僕は誰かと間違えられて、誘拐された。

僕の人生は、その間違いによって終わっていたかもしれない。

もやもやしたものをかかえながら僕は大人に……なるまえにもうひとつ、事件が起こった。両親が死んだのだ。誘拐から三年後、小学六年生のときだった。

誘拐事件とは関係のない、交通事故だ。

なぜここに両親がいたんだろう、と疑問を感じた場所で事故は起こっていた。

母の親戚の葬儀に出かけた帰りのことだった。高速道路が渋滞で止まっていた。たぶん、翌日の仕事のために早く帰りたかったんだろう。一般道に下りてきたはいいけれど、土地勘のない道を間違えて進んでしまい、戻ろうとして事故に遭ったのではないか。事故処理をした警察の人は、じいちゃんにそう言ったそうだ。なんだそれ、と思うほどにあっけない。

人ってこんなにもあっさりと、最期を迎えるものなのか。悲しいとか悔しいとかぐちゃぐちゃに合わさったショックとともに、大きな穴のような虚《むな》しさを感じた。

誰が人の生き死にを決めているんだろう。神さまのあみだくじ？　それとも僕たち自身？　運転を担っていた父が道を間違えたのが悪いのか？

父の間違いが、父自身と母の人生を終わらせたのだろうか。

そうして僕は、父方の祖父母に育てられることになった。じいちゃんもばあちゃんも優しかったし、その生活に不満はない。

だけど間違いは人の運命を変える。

僕はそれを実感している。だからせめて僕が関わる人は、選択を間違えてほしくない。そう思っている。

「萌恵さん、ペット可の物件を無事に見つけられたかな。うちに相談してくれれば力になったのに」

僕はぼそりとつぶやく。

「振り回された割には、ずいぶん優しいことを言うね。ああ、そういやけっこう美人って言ってたっけね」

見透かしたように、瑶子さんが笑った。

「とんでもない！　振り回された分、せめて仲介手数料で儲《もう》けさせてもらわないと、だよ」

その日僕は、両親の荷物が入った透明のカーゴボックスを久しぶりに開けた。

どこででも買える積み重ね可の衣装ケースだ。マンション住まいになったときに大半のものは処分したけれど、結婚指輪は残している。葬儀の担当者から、燃えないものなので納棺時に入れないよう、じいちゃんたちに要請があったそうだ。骨壺《こつつぼ》に入れる方もいらっしゃいますよと言われたが結局入れなかった、そう聞いている。両親の結婚指輪に、イニシャルの刻印はなかった。両親は、残り一〇パーセントのほうだったようだ。

僕が知らなくても無理はない。

そう言ってもらえたようだった。

CASE 2

騒音を訴える俺がそんなに悪いのか

1

不動産会社は、コンビニのように全面ガラスの壁やガラス戸で設《しつら》えられた開放的な作りの店が多い。店内が見えたほうが、安心感が湧くためだ。けれどその中のようすを隠すかのように、物件案内の紙がべたべたと貼られている店もまた多い。なにしろ「不動産、お店に来ても品物は手に取れない。せいぜいが間取りの図面と写真――最近は動画もある――だ。物件はネットでも見られるけれど、条件を入れて検索をしてもらう手間がかかる。目につくところにあってこそ、誰かに見つけてもらえるのだ。今すぐに引越す予定のない人にも。

「美玖ちゃん、ひさしぶり。なにか気になる物件でもあった?」

夕方、設楽不動産に戻ってきた僕は、店の前で物件案内を眺めていた女性に声をかけた。

一条美玖、大学の同級生で、赤坂元太の恋人だ。

「あっ、設楽くん、おひさしぶり。あ、あの、別に今すぐどうとかじゃなくて、家賃の相場をね、知りたくて見てたの」

美玖が、頬を赤くしながら説明する。

「相場ねえ。条件によって違うけど。どうして？」

「うーんと、なんていうか」

視線を下げて、美玖が考えこむ。

美玖はどちらかというと内気なほうで、会話のスピードが遅い。ポンポンと話す元太とは対照的だ。

「今、わたし、元太くんの家に住んでいるんだよね。聞いてる？」

「うん、知ってる」

「ご両親の持っているマンションで、ローンは終わってるっていうから、家賃は払っていないの。光熱費として少しだけ。でもそれでいいのかなというか、家賃がどのぐらいかかるものなのかなって気になって。いまさらだけど」

大学時代は女性用の学生寮に住んでいた美玖は、卒業後に元太と暮らしはじめた。そのいきさつについては詳しくない。就職先の給料が安くて余裕がない、という話だけは聞いている。

「分譲マンションだよね。分譲は設備やセキュリティがしっかりしているから、賃貸に転用してもその分が加味されて家賃は高めになる。ふたり住んでるうちのひとり分を負担するというのは、かなり大変だよ」

「うん、それは無理だから、たとえばわたしが部屋を借りるとしたらいくらぐらいかなって思って」

「賃貸向けの部屋でも、広さはもちろん、駅からの距離、建物の古さ、木造か鉄筋かによっても違ってくるんだ」

「……そう、だよねえ。見ててもいろいろありすぎて、わからない」

「ここに貼りだしてるのは、ほんの一部だよ。条件を出してくれれば店内で検索するよ。ざくっとした相場だけ知りたいなら、自分で不動産サイトを見てもいいけどね。ただあいうのはメンテナンスの関係で、実際には成約済みのものもあるんだ。プラス、うちは社向けの専用ネットワークシステムがあるから、それが一番正確だよ。不動産仲介会地域の強みを生かした店だから、条件を挙げて相談してくれれば力になるよ」

うーん、と美玖はうなり、物件案内の一枚を指さした。

「これ。このあたりが平均的なかんじ？　木造で1DK。駅から徒歩十分なら悪くないよね」

美玖の示す物件を見て、ちょっと複雑な気分になる。

「うん、今これ、間取りが反転の部屋もあるよ」

「間取りが反転？」

「部屋と部屋の間に階段がある建物だと、一号室と二号室の間取りが、間の壁を鏡にしたみたいに反転してることがあるんだ。ここもそう」

「つまりこのアパートは、二部屋も空いているってこと？　築十年ってあるけど、十年ってそんなに古いの？」

美玖の問いに、僕は曖昧《あいまい》な笑顔を返す。

正直に話す必要はないのだ。美玖は部屋を借りにきたわけじゃなく、相場を知りたいだけだし。

「たまたまだよ。契約はふつう二年ごとに更新するんだ。時期が重なったんだね。それと、築十年は決して古くないよ」

ふうん、と答えた美玖が、華奢《きゃしゃ》な腕時計に目を落とす。

「ごめん、そろそろ帰らなきゃ」

「うん、元太によろしく」

僕は片手を上げる。美玖がためらいがちに口を開いた。

「元太くん……にはさ、その、こういうの見てたこと、内緒にしてね」

「内緒？」

「家賃なんて遠慮するなって言われてるから、払いたいって提案したら怒られそう。だからお願いね」

わかった、と答えた僕は、立ち去っていく美玖を見送った。商店街はアーケードになっていて常時明るく、その先の住宅街に向けての通路にもなっている。六月という最も日の長い時期には突入したが、アーケードの向こう側はそろそろ暗い。送っていこうか、と言いかけて口をつぐむ。通勤でも使ってる道だろうから、今日だけ送るのも不自然だ。

家賃なんて遠慮するな、か。元太は自分を大きくみせたいというか、偉ぶるところがある。美玖はエコバッグを腕に下げていたし、夕食の買い物でもしていたのだろうか。なんだか新婚家庭みたいだな。今日のごはんはなにかな。

……想像するな。美玖は幸せに暮らしている。それでいいじゃないか。

店に入ると、瑶子さんと三木さんがそろって僕を見てきた。ふたり、同じ表情をしている。にやにやして、含みでもあるような。

外から中が見えるということは、中からも外が見える。うっかりとその可能性を忘れていた。

「お客さんを逃したと思ってる？　残念。冷やかしだよ」

「思ってないよ。知ってる子じゃないか。真輝の大学の同級生だったよねえ」

瑶子さんが確認のように問う。

よかった。それしか知らないようだ。それもそうか。瑶子さんが美玖に会ったとき、大学の友達も一緒だったはず。ふたりきりでデートなんて、したことさえないんだから。

僕は美玖にふられている。といっても、美玖にはその自覚がないかもしれない。

気の合う仲間のひとりだった美玖に、冗談めかして「つきあっちゃう？」というジャブを放ったのは大学二年生のときだ。美玖は、今は女の子同士で遊ぶほうが楽しいと言い、美玖たちを引っ張っているリーダー格の女の子についていく形で、京都や奈良などの趣ある観光地にたびたび出かけては、スイーツや小物、街の写真をSNSにあげてはしゃいでいた。その「楽しい今」は、いつ終わっていたのか。

今振り返って考えると、就職活動の時期かもしれない。学校の受験とは違い、試験対策なんてものでは単純に突破できない壁。何度も無効化される努力。この先の人生が決まるというのに、まるで見えない未来。そんなるつぼに放りこまれた僕らは、誰かの手を求めていた。

キリがついたらもう一度、美玖を誘ってみようか。そう思っていた矢先に、僕はじいちゃんと店のことで忙しくなった。気づけば美玖は、元太とつきあいはじめていた。

僕はタイミングを逸したのだ。じいちゃんたちのせいにはできない。僕がちゃんと見ていなかっただけだ。ちなみにリーダー格の女の子にも、いつの間にかカレシができていた。恋愛ごとに鈍い、としか言えない。

しかし、元太か。悪くはない。僕より見栄えがするし、僕より経済的にも安定している。ただ近しい相手だけにショックは大きかった。全然知らない人ならまだ、よかったのにと思うこともある。

「そうそう、同級生。ひさしぶりに会ったから、元気？　って話をしてたの」

僕は表面的な返事をしておく。

「きれいな子ね。真輝くんにお似合い」

三木さんが目を細めて言う。

「そういう決めつけ、今どきアウトだから気をつけてくださいよ。亜湖《あこ》ちゃんにそれやったら口きいてもらえなくなりますよ」

亜湖ちゃんというのは、高校二年生の三木さんのひとり娘だ。

「あら。亜湖は喜んでたわよ。部屋に貼ったポスターとツーショットで撮った写真を見せてくれたんだけど、お似合いねって言ったらとろけるような笑顔になって」

「ポスターって。つまりはアイドルってことですよね。そういうのとは全然違うでしょ」

そうかしら、と三木さんはとぼける。

「だいたい、彼女には恋人がいるんだから。瑶子さんも、もし会うことがあっても、変なこと言わないでよ」

「わかってるよ。さっきの子、あのメゾンヴィレッジの部屋を指さしてただろ。借りるつもりかねって、ちょっと気になったのさ」

瑶子さんが思案顔になる。

「ひとり暮らし用の手ごろな値段の物件として参考にしてたんだよ。相場感を知りたいんだってさ」

「あのアパートも、ああいったおとなしそうな女の子が多く住めば、クレームも来なくなるんじゃない？」

三木さんが言う。そうだろうか。

「甘いよ、理香子ちゃん。見かけがおとなしそうだからって、家での姿はわからないもんだよ」

瑶子さんの言葉に、そっか、と三木さんが舌を出す。いや、美玖は家でも外でもおとなしいと思うけど、賛同できないと思うのはそっちじゃない。

「瑶子さんもそうでしたね。私、最初は瑶子さんのこと、おっとりした方かと思ってました。だって千晴《ちはる》ちゃんがちゃきちゃきしてて、自分はお母さんとは正反対だって言ってたから」

僕が反論するまえに、三木さんが続けた。千晴とは僕の叔母、死んだ父の妹だ。三木さんが離婚後にこの店で働きだしたのは、同級生だった叔母の紹介だ。仕事が少々ルーズなのは、そういった縁故採用のせいもある。

「正反対かねえ。あたしは自分がどんなタイプなのか、この歳《とし》になってもわからないよ。けど、おっとりしてちゃ社長業はやっていけないからね」

柿《かき》色とでもいうのだろうか、深みのあるオレンジ色の麻のワンピースが、瑶子さんの今日の戦闘服だ。梅雨に入るか入らないかのじめっとした空気の中、まぶしい。

「僕も三木さんの分析は甘いと思います。おとなしそうだからどうこうって話じゃなくって、内気な人だと、ちょっとしたことで萎縮《いしゅく》して出ていくしかなくなりますよ。メゾンヴィレッジに住み続けるには、鉄の心臓を持っていないと無理です」

「よしとくれよ。家ってのは安らぎの場所なんだよ。アクション映画みたいに殺伐とした空間じゃ困るんだ」

やれやれとばかりに瑶子さんが息をつく。

そのとき、電話が鳴った。

2

「長谷《はせ》だけど。ちょっといいか？」

監視カメラでも仕込まれているんじゃないか、そう思うほどのタイミングだった。

長谷一重《かずしげ》さん、五十代後半あたり。メゾンヴィレッジの南側にある一軒家に住んでいる。

「裏のアパート、また夜中に騒いでたんだけどさあ。注意してくれたんだよねえ」

お客がいなかったので、電話を受けた僕は、スピーカーモードにした。情報は共有しておくべきだ。

「はい、させていただいております。ご迷惑をおかけして申し訳ありません」

「大家の村瀬《むらせ》さんに言っても全然伝わらないしさあ」

「すみません。ちなみに何号室の方でしたでしょう」

「知らないよ。こっちは寝てるところを起こされたんだ。そんなときに誰がうるさくしてたかなんてわかるものか」

苛立《いらだ》ったただみ声が聞こえる。

「ま、少なくとも子供のいる家じゃないな。あそこは昼がうるさいんだ。昼は子供、夜は若い子たち、どうかしてるよ本当に。他人の迷惑なんてどうでもいいと思ってるんじゃないの」

「本当に申し訳ありません」

「謝れって言ってんじゃないんだよ。あんたに謝ってもらってもしかたないんだから。なんとかしてくれって言ってるの。こっちだって直接注意したいよ。けどそれだとトラブルになるっていうから、仲介だか管理だかをしているあんたんとこに電話してるんじゃない」

「はい。わかっております」

三木さんが書類棚のほうに行ってしまった。そりゃあクレームなんて聞きたくないだろう。新たな情報が出るならと共有してみたけど、どうやらいつもの話だ。

周囲の生活音に悩まされている人は多い。とはいえ人間、無音で生きていくことなんてできない。ある程度はお互いさまなのだ。

そうはいっても、音を出しているほうから「お互いさまでしょ」なんて言えない。夜中に掃除や洗濯をしない、部屋に友達を連れてきたときは窓を開けて騒がない、そうやって周囲に気を配るのが集合住宅のルールだ。

それができないなら諦めて、防音設備の整ったところか、うるさく言われない部屋に住むしかない。――で、結果、メゾンヴィレッジは八部屋のうち二部屋が空室というわけだ。

「とにかく今度こそ静かにさせてくれよ。頼んだからね」

承知しました、お待ちください、のどちらの返事もできないまま、電話は切られた。

正直、どちらを答えるべきかわからない。

「お疲れさまでーす」

三木さんがデスクのそばに戻ってきた。

「いえ。……すみません。クレームを聞かせただけになってしまった」

「私にとっては馬耳東風よ。それにもう帰る時間だから」

あとのことは知らないとばかりに、しれっとした顔で笑っている。

そういう人だった、と思いながら僕は、瑶子さんに向き直る。

「やっぱり瑶子さんからやんわりとでも言ってくれない？　どんなところに住んでたって、ある程度は他人の家の音を聞かされるよ。人が生活している以上、仕方がないことだってわかってもらわないと。でもそういうの、僕みたいな若造に言われたって聞く耳持ってくれないだろ。その点、瑶子さんなら人生の先輩でもあるし」

「女の話を聞いてくれる後輩ならねえ」

　瑶子さんが苦笑する。

「言ってはいるの？」

「遠回しすぎたかもしれないけどね。子供は泣くのが仕事、ぐらいのことは言っているよ」

「泣くのが仕事、っての、赤ちゃんじゃなかったっけ」

　何歳までを赤ちゃんと呼ぶのだろう。メゾンヴィレッジは一〇三号室に、二歳ばかりの子供がいる。子供のいる住人はそこだけで、カップルが一組、残りは独身で男性が三人、女性がひとりだ。

「まあいっか。それで、長谷さんの反応は？」

「住人は窓を閉めろ、大家には窓を防音ガラスにするよう伝えておけ、だったかねえ。その記録は残していたはずだよ」

　設楽不動産は不動産の売買も扱うけれど、中心となる事業は賃貸とその管理だ。貸主と借主から仲介手数料、貸主から管理業務の手数料をいただいている。そのため物件ごとに、きっちりとデータを残す。だがメゾンヴィレッジのここのところの記録は、長谷さんからの苦情ばかりだ。

こうなった原因はわかっているのだが、いまさら時間は戻せない。

「空室対策としても、防音ガラスは有効だと思うよ。大家の村瀬さんへの報告とともに、もう一度提案してみる」

「そうだねえ。このままじゃ契約更新の時期にみんな出ていってしまいかねない。まかせたよ、真輝」

3

「防音ガラスかい。まえも言ったが、それじゃ店子《たなこ》たちは暑い日でも窓を開けられないのか？　冷房代がかさんで大変じゃないか。閉めててくれなんてお願いできないよ」

村瀬さんの返事は即答だった。

「そのぶん断熱効果も高いので、暖房代は抑えられるかと」

「はっきり言うけどね。長谷さんのはいちゃもんだよ、いちゃもん。俺だって気になったんで、何度か現地に足を運んだの。時間帯もちゃんと変えてね。夜に騒いでる人なんていないよ。昼の子供の声だって、かわいいもんじゃないか。だいたい、子供の声がしない街なんて不健全だよ」

「それはそうですね」

僕は電話ごしにうなずく。

村瀬さんは自宅から一キロほど離れたところに相続で受け継いだ古い家と土地を持っていた。子供に新居を建ててやるつもりで放置したままだったが、子供は転勤族になってしまい、当分戻ってこないという。戻るのは子供が社会人生活をリタイアしてからか、自分と妻が別の世界に逝くころになりそうだ。それなら自宅のほうを譲ればよいと考え、売るよりも有効活用できるだろうとアパートを建てた。二階建てで各階四戸の合計八部屋。駐輪場と、南側に四台の駐車場も持つ。それが十年前、村瀬さんが定年退職したときのことだ。

「……いちゃもんかもしれませんが、夜中に騒いでいた、という声をいただきましたので、張り紙を貼らせてもらっていいでしょうか」

メゾンヴィレッジは二戸の間に階段を持っているつくりだ。その階段の脇に掲示板があり、電気やガスに関する案内、行政からのお知らせなどを貼っている。住人が、どこまで見てくれているかはわからないけれど。

「そうしてくれ。この間はその手のお知らせを一戸ずつポストインしたんだろ？　こっちに文句が来た。二回続くのはよくない」

「直接、村瀬さんのほうにですか。申し訳ありません」

「いやいや、さっきも言ったように、俺がアパートのようすを窺《うかが》いにいったせいだよ。ついでに訊《き》いてみたら、店子同士は全然気にならないって言うじゃない。建物の中にいる人間がうるさいと思わないのに、外の人間がなに言ってんだよ。それにうるさいって言ってるのは、長谷さんだけだよ。ほかの家からはなんの話も出てない。……あ、設楽さんとこに来てるのか？　でも俺、聞かされたことないよな」

「はい。うちにも苦情をいただいておりません」

「だろ。ちょっと音がしただけで鬼の首でも取ったかのように騒ぐ。なんとかしてほしいのはこっちだよ」

「そうですねえ。ただ、このままでは空室が増えてしまいます。空室が続いた場合の損失と、防音ガラスに換える費用をシミュレーションしてお示ししますので、もう一度お考えになっていただけないでしょうか」

はー、と重い声が受話口から聞こえた。

「なんでこんなことになるかねえ。引越してった子だってきっと、長谷に睨《にら》まれたんじゃないの？」

「睨まれた、ですか？」

「俺が訊いた店子によると、なにかってえと、じろじろと見てくるそうだ。ちょっと変わった人だから無視してくれって頼んだ」

まるで、近寄るな、危険、じゃないか。

やっぱりこのままじゃ、空室が増えてしまう。設楽不動産のガラスにも物件案内を貼っているけれど、これは村瀬さんから強く頼まれたからだ。トラブルが予見される環境だとわかっている以上、お客には入居を勧めづらい。

「村瀬さん、長谷さんと一度きちんと話し合いませんか？　お見舞金も持って。騒がしいというのが本当なのか針小棒大に言い立てているだけなのかわかりませんが、このままでは収まらないと思います」

「だけどいまさらさあ。それに、おとなしく金を受け取ると思う？　受け取ってクレームを収めるってことは、自分がいちゃもんをつけてたって認めるのと同じだよね」

長谷さんのクレームは、去年の秋からはじまった。

きっかけは、台風だ。

近年の台風はかなり凶暴になってきて、大量の雨を次々に降らせたり、暴風が吹き荒れたりと被害も甚大だ。マンションの壁がめくれ上がって飛んでいき、鉄塔が倒れる、なんてCG映像みたいなことまで起こった台風もあった。

瞬間最大風速が二十メートルだったか三十メートルだったか。去年はそんな大風に見舞われた。看板が飛んでいくほどの風だ。瓦が飛んだ家も多々あった。

メゾンヴィレッジでは、ベランダのパネルが飛んだ。一階のベランダと駐車場のアスファルトの間に設置した目隠しの板だ。具体的には一〇二号室のパネル、それが風に乗って舞い上がり、南側に建つ長谷家の雨戸にぶつかったのだ。

長谷家は古い日本家屋で、壁は土壁にトタン張り。雨戸は木製だ。一階の北側の座敷が掃き出し窓になっていて、そこにパネルの角がぶつかっていった。木製の雨戸を突き破り、ガラス窓まで割って。そのとき家の中には長谷さんの妻がいたそうで、怪我《けが》こそなかったが相当なショックを受けたという。

さて。この場合、メゾンヴィレッジの大家である村瀬さんは、長谷家のガラス窓と雨戸の修繕をする必要があるか否か。

実は、ない。

台風や竜巻といった自然災害による被害は、賠償責任を追及することができない、というのが原則だ。なにかがぶつかって隣の家に被害がもたらされた場合、「土地の工作物の設置又は保存に瑕疵《かし》があることによって他人に損害を生じたときは、その工作物の占有者は、被害者に対してその損害を賠償する責任を負う」という民法の規定があるのだが、パネルが飛んだ原因は自然そのものにあり、誰のせいでもないからだ。メゾンヴィレッジの工作物だけが飛んだのなら設置に問題があったということになるが、あのときの台風はあちこちで看板や瓦、いろんなものが飛んでいた。そういった状況では占有者に瑕疵があるとはいえず、不可抗力となる。破損を受けた家の人間が修繕をするしかない。

その話は、村瀬さんにも長谷さんにも説明した。

ちなみにこういう場合、修繕費用は火災保険で賄われる。細かくは保険会社との契約内容にもよるが、火災保険が保障しているのは火事だけじゃないのだ。今回のような風災、また水災や雪災にも使えるものが多い。だから保険会社に連絡をしてください、ということで納得してもらった。

ところが長谷さん、火災保険に入ってなかったのだ。

正直驚いた。火災保険は住宅ローンを借り入れるときに加入させられるはずだ。ローンの完済後も、たいていは継続するだろう。

だが長谷さん、ローンを組んで家を手に入れたのではなかった。相続だ。それも親からではなく、叔母さんからだ。二年前、配偶者はすでになく子供もいなかった叔母さんが他界し、家と土地が法定相続人である長谷さんのものとなった。古いからか、そのうち建て替えるつもりだったのか、長谷さんは保険への加入をスルーしていたようだ。

自然災害とはいえ、家の北側にメゾンヴィレッジさえなければ起きなかった被害だ。長谷さんはそう考えたのだろう。恨みを抱いてしまった。同じような被害が全国で起きているんじゃないかと思う。看板が飛んでこなければ、瓦が飛んでこなければ、と。

「正直さあ、設楽さんがもっと早く、見舞金を持っていくよう言ってくれてたらって思うよ」

村瀬さんの言葉に、ええええ、と声が出そうになった。言っている。

階段脇の掲示板には、うちがメゾンヴィレッジの不動産管理会社であることを示すプレートも貼ってある。長谷さんはそれを見て、まずうちに電話をかけてきたのだ。僕が村瀬さんにその連絡をしたとき、賠償責任義務はないけれどこういうケースでは少額のお見舞金を渡す人もいますよ、と勧めてはいる。それに対して、少しでも出したらあとから足りないと言われそうだ、と尻込みしたのは村瀬さんだ。たしかに、一度払ったら非を認めるようなものだ、という考え方はあるけれど。

黙ってしまった僕に、村瀬さんは言い訳をする。

「だってさあ、あんな粘着質な人だったとは思わないよ。もともと住んでたおばあちゃんは穏やかでいい人だったよ。アパートの建設工事の挨拶をしたときもニコニコしててさ。苗字《みようじ》は、長谷じゃなくて森野《もりの》だったかな。たしか設楽さんとこの先代の平和《ひらかず》さんとも顔見知りだったよ。建築工事の確認にいったとき、あの家の北側のブロック塀にもたれて、平和さんが話しこんでたのを見たよ。笑い声も聞こえたなあ」

「祖父とですか？　あちらのおうちとは、これといって仕事上のおつきあいはなかったはずですが」

「そうは言っても、家や土地を持ってる人は将来の客だろ。顔つなぎっていうのかねえ、仕事に結びつくかわからなくても、平和さんはいろんな集まりに頭をつっこんでたよ。うちが設楽さんとこに管理を頼んでるのも、平和さんが碁会に来てたからだよ。建設会社はチェーンの不動産屋を紹介してくれたけど、顔見知りのほうが無理もきくしね」

その無理を、僕がきかされている気もするけれど。

「平和さんに比べると、あんたんとこの今の社長はビジネスライクだね。きっちりはしてるんだけど、なんかこう、情が違うっていうか。防音ガラスについてシミュレーションしてお示しします、なんてびっくりだよ」

「いえ、シミュレーションをというのは社長ではなく私からの提案です。データをお見せしたほうがご納得いただけるかと」

「そうなの？　でもあの人も以前とは雰囲気違うよね。派手になったし、気も強くなったし。ここだけの話、夫を喰《く》ったって言われてるよ」

ここだけの話というのは、蔓延《まんえん》している噂《うわさ》話の別の言い方だ。

「会社を支えていかなきゃいけなくなったんだから、仕方ないんだろうけどね。ところで平和さんの調子、どう？」

村瀬さんが話を変える。

「ぼちぼちです。僕らの顔がわからないとかそこまではいってないんですが、自分でなにかを考えて判断するのは難しいみたいで」

「じゃあ、もう碁の手合わせは望めないかなあ」

「五目並べぐらいなら」

じいちゃんの思い出話を聞かされたあと、もう一度、防音ガラスについて念押しをした。長谷さんのクレームは腹立ちや恨みからはじまっているので、正直、どうしていいのかわからない。

4

数日後、長谷さんからまた連絡があった。二階の端、二〇一号室のベランダにカラスが集まっているというのだ。異臭もするという。

どういうことなんだろうと思いながら、二〇一号室を借りている中尾《なかお》さんに電話を入れた。出てくれない。再びかかってきた長谷さんからの電話では、カラスがなにかを咥えて飛んでいき、駐車場に下りてはアスファルトの上でついばんでいるとのこと。それってたぶん、生ゴミかなにかがベランダに置かれていて、それを貪っているってことじゃないかな。中尾さんになんとかしてもらうしかないんじゃない？

「行っておいで」

瑶子さんが僕に命じる。

「僕がベランダのゴミを始末するってこと？　ゴミとはいえ、借主の管理下にある品物を勝手に処理するわけには」

「ゴミならいいけど、死体になってたら困るよ」

「中尾さんが？　やめてよ、そんな悪い冗談。笑えない」

「笑えないから言ってる。あたしには経験あるんだよ。ああ、あれは暑い暑い夏の日だったっけ。隣の部屋の新聞が溜《た》まってるって訴えがあってね、しかもなにやら嫌なにおいが漏れて――」

「瑶子さん、まだ梅雨にさえ入ってません。怪談話には早いです」

三木さんが両手を激しく横に振る。

「怪談ならいいんだけどねえ」

情緒たっぷりに、瑶子さんが脅してくる。

「僕もそれ以上は聞きたくない。行くから。話の続きは三木さんによろしく」

「嫌ですよ、置いていかないでー」

その声を背に、社用車の鍵を握った。

念のためと、スライド伸縮はしごも積みこむ。空は曇天、このまま降らないことを祈る。

メゾンヴィレッジの駐車場が空いていたので、そのひとつに停《と》めさせてもらうことにした。メゾンヴィレッジは東側が車道で、西側には小ぶりながら林を持っている神社がある。その林をねぐらにするカラスが飛んできているようだ。北側と南側は住宅で、南側にある二軒並びの奥の家が、問題の長谷家だ。

僕の到着に気づいたのか、長谷さんが小走りでやってきた。今日は平日だけど、会社は休みなのだろうか。

「設楽です。たびたび申し訳ありません」

「あれ見てよ、カラスがやってきてるんだよ。電話をかけたときより増えてる。うちのすぐ裏の部屋だろ、気持ち悪いったらないよ」

メゾンヴィレッジは、深い緑色の外壁を持っている。ベランダの手摺《てす》りの部分は白だ。その内側にカラスが舞い降りてはまた飛んでいく。

死体があるとは思えないけど、まずは確認しなくては。僕はスライド伸縮はしごを車から降ろす。

そのときスマホが鳴った。発信者名が折り返しになっている。中尾さんだ。よかった生きている。

「すみません、留守番電話を聞いたのですが」

あたりをはばかるようなくぐもった声が、受話口から聞こえた。

「中尾さん？　設楽不動産の設楽です。聞いてくださったなら用件はご承知かと思うのですが、二〇一号室のベランダにカラスが集《たか》ってるんです。なにを置かれているんですか？　ゴミ袋とか？」

「いいえ、蓋つきのペールです。いわゆるゴミバケツ。今までカラスに襲われたことなかったんだけど」

「蓋が外れたんじゃないですか？　どちらにせよ早めに始末を――」

「お願いできますか？」

「あの、それは中尾さんご自身の責任で」

「僕、今、出張中なんですよ。急に決まったうえに明後日じゃないと戻れなくって。中身は全部捨てちゃってください」

「なにが入ってるかわからないものを勝手に捨てるわけにはいかないんですよ」

「ただのゴミです。じゃあ会議が始まるのでこれで。よろしくお願いします」

電話は切られた。かけ直してみたが、公共モードになっていてつなぐことができないというアナウンスが流れる。

嘘《うそ》だろう、と頭を抱えた。

部屋に入っていいか許可を得るのを忘れたと気づいたのは、あとのことだ。仕方なく、ベランダにはしごを立てかけた。

長谷さんが親切にも下を支えてくれて、ベランダを覗《のぞ》いた。予想通りペールの蓋が外れ、倒れてもいる。ホウキとチリトリを持って再び上がり、はみ出ていたゴミをペールに戻して、ビニール紐《ひも》でぐるりと十字に結んで蓋を留めた。ゴミを捨てておくかどうか迷ったけれど、捨ててはいけないものまで捨ててしまう可能性も考え、やめた。一部のホテルでは、お客の出したゴミを一定期間は保管しておくと聞いたことがある。チェックアウト後に問い合わせの入ることがあるからだそうだ。捨ててくれといった中尾さんが帰宅後にクレームを入れてきたら、そのときはそのときだ。収集車に持っていかれたらもう取り返せないのだから。

「お騒がせしました。これでカラスは集まらないと思います」

僕は長谷さんに頭を下げた。あれから騒音がどうなったか訊《たず》ねようとしたら、先に言われた。

「手を洗っていくか? 水、貸してやるよ」

お願いしますと会釈をして、ついていく。気遣いもできるし、悪い人ではないのだろう。

車をメゾンヴィレッジに置かせてもらったまま、長谷さんのうしろをついて道を回りこむ。長谷さんの家のブロック塀の前に軽自動車が停められていた。路上駐車だが、道は神社の林に遮られてどんづまり、ほかに通る人はいない。とはいえそのせいでギリギリの狭さだ。身体《からだ》を縮めるようにして門まで移動した。門扉はない。ブロック塀の一部が空いている、というだけだ。すぐに家が迫っている。

玄関を入り、ガラス戸を経てその奥にある洗面所に導かれた。板張りの廊下に、軋《きし》む音がした。ユニットの洗面化粧台が、土壁をバックに設置されている。あとから据え置いたという雰囲気だ。ホウロウの洗面ボウルのようすからみて、二十年ものといったところだろう。蛇口のパッキンも緩んでいて、水のキレが悪い。

そのまま、玄関脇の座敷に通された。居間にでもしているのか、畳の上にはカーペットが敷かれ、テレビが置かれている。北側の襖《ふすま》が開け放たれていて、隣の間の掃き出し窓のカーテン越しにメゾンヴィレッジがかいま見えた。北側のブロック塀は、南側のものよりずいぶん低い。じいちゃんがもたれかかって話しこんでいたのはそのあたりかな。南の部屋には縁側があり、両方の窓を開ければ風が吹き抜けて気持ちがよさそうだ。日本家屋ならではの特権だろう。今は閉じられている西側の襖だが、家の大きさから考えてそちらにも畳の部屋があるはずだ。いわゆる田の字型のつくりで、南側が六畳、六畳、北側が四畳半、四畳半、といったところだろうか。

「なにをきょろきょろと値踏みしてるんだ」

長谷さんが麦茶を持ってきてくれた。大きなペットボトルを右手に、ガラスのコップを左手に持ち、座卓にどんと置いた。

「すみません。こういう昔ながらの家は珍しいので、つい」

「昔ながら、というより昔のままだ。台所や風呂に手を加えているが、ほかはほぼ建てそのまま」

長谷さんがよいこらしょとカーペットに座り、ペットボトルから茶を注《そそ》ぐ。ありがとうございますと受け取った。

「築何年くらいですか?」

「戦後少し経《た》ったぐらいらしいから、何年になるんだ?」

第二次世界大戦を指すのなら、じいちゃんが終戦の直後に生まれている。この家はじいちゃんよりも若く、瑶子さんよりは上あたりか。

「長谷さんがお生まれになる前から建っていて、愛着もおありでしょうね。なのに北側にアパートができて、騒がしくて腹立たしい思いをなさっているんですね」

僕は長谷さんに寄り添おうと、想像半分でそう言った。

けれど長谷さんは白けた目を向けてくる。

「叔母の家を相続したことぐらいは知ってるんだろ? 可愛《かわい》がってくれた叔母だが、それほど家に愛着があるわけじゃない。建てたのはたぶん、叔母の舅《しゅうと》だろう。そのあと叔母夫婦のものになって、夫に先立たれ、子供がいなかったから叔母の兄の子である俺に回ってきた。あんたからは棚ぼたに見えるかもしれないが、生活の援助もしてたし、それなりに叔母を支えてきた。当然の権利だ」

「そ、そんなつもりはなく、建物の雰囲気から静かな住環境を求めていらっしゃったのかなと。だとしたら、騒がしいのはお困りなんだろうなと」

「困るね。特に夜にうるさいのは困る。寝ているところを起こされるだろ。おかげでうちの、妻の体調がよくない。血圧の値も高くなった。あれは睡眠不足が大敵なんだよ」

「……ご心配ですね。今日はご不在ですか？」

「パートだ。見てのとおり、古いから建て替えを考えてる。少しでも資金を貯《た》めないと」

「たしかに建て替え時期は来てるかもしれないですね。長谷さんは今日は、お休みなんですか？」

「小売関係だから、土日休みってわけじゃない」

だとしたら接客業にも近しいのでは。この繰り返されるクレーム、落としどころに困っていることもわかってほしい。

「仕事時間は変則だし、疲れて帰ってきたら外が騒いでる。ストレスが溜まるよ。それでも稼がなきゃだ。まあ、息子の大学が終われば多少楽になるんだが」

「ご子息がいらっしゃるんですね」

その割には、今まで話題に上ったことがない。洗面台にもこの部屋にも、若さを感じられるものはおかれていない。

「学生寮にね。いま就活中だから、この先どこにいくかはわからない。息子の部屋を作っても戻らないかもしれない。とはいえ、せっかく手に入った持ち家、しかも一戸建てだ。快適に過ごしたいと思うだろ」

なるほど、と僕は納得した。いくら古い家とはいえ、あたりの土地代から考えると相続税はそれなりにかかるはずだ。きっと小規模宅地等の特例が適用されたのだろう。亡くなった人、つまり被相続人が、住んでいた土地、貸付用も含めて事業をしていた土地が対象になり、それらのケースによって割合は違うものの、今回のように住まいだった場合は要件次第で最大八〇パーセントも相続税が安くなるという特例だ。相続した人が住まいや事業を営む土地を失わないようにするための救済制度で、その分要件も厳しくややこしいが、長谷さんの場合は、被相続人が住んでいた土地を取得したのが、配偶者、同居親族、家なき子の場合に適用できるというなかの、「家なき子」に当てはまったのだろう。「家なき子」とは不思議な言葉だが、被相続人に配偶者も同居の法定相続人もいない場合に、亡くなる前の三年以内に自分、配偶者、三親等内の親族、特別の関係にある法人の所有する家屋に住んでいなかった親族が対象になり、かつ相続する家屋を過去に所有していないことが条件となる。せっかく手に入った持ち家、という言い方からみても、この要件に当てはまったと思われる。

「なのにまいっちまうよ。音を遮断したいならずっと雨戸を閉めていればいいとでも言うのか。こっちだって普通に暮らしたいさ」

長谷さんは口をへの字に曲げている。

「気をつけていただけるよう、こちらも注意していきますので」

「ぜひともそうしてくれ。ゴミを放置してたなんてかなりの非常識だ。騒音だけじゃないのかって話だよ。隣の白木《しらき》さんとだって、顔を合わすたびにうるさいって話になるよ。聞いてないか」

隣の白木さんとは、東側の家だ。メゾンヴィレッジの南側に接している二軒のうちの一軒で、公道側になる。

「特に、伺っておりませんが」

白木家だけでなく、北側の家からも、道路をはさんだ東側の家からも聞いていない。

「おとなしいんだよなあ、白木さんは。老夫婦だし、上品な感じだから、誰かに訴えるというのが苦手なんだろう」

「親しくしていらっしゃるんですか？」

「それほどでもないが、普通の近所づきあいだ。安いスーパーやホームセンターを教えてくれる親切な人だよ」

ともかく静かにしてくれ、迷惑をかけないでくれ、と長谷さんは繰り返す。僕も、注意していきますと同じ言葉を返すしかなかった。

帰り際、なにかが引っかかった。なにが気になったのかわからない。もやもやした感じが胸に残って、Uターンしてまたメゾンヴィレッジまで戻ってきた。

公道沿いの白木さんの家を、若い女性と三、四歳くらいの子供が訪ねていた。年配の女性が嬉《うれ》しそうな表情で迎えている。親子のように見えた。

しばらくメゾンヴィレッジを眺めていたが、もやもやの正体はわからないまま。

カラスはいなくなっていた。

5

じいちゃんの入っている施設に寄った。

あの家のもとの持ち主、長谷さんの叔母の森野さんと顔見知りだったというから、なにか話を聞けないかと思ったのだ。

認知症の人が多く入居する高齢者施設だが、具合はそれぞれ違う。じいちゃんはそれほど進行していないと聞いていた。少なくとも僕らの顔はわかるし。

「よう、敦也《あつや》。ずいぶん若返ったな」

ぎょっとした。敦也は僕の父の名だ。まだ僕らの顔はわかる、と思っていたところなのに。

がはははは、とじいちゃんが笑い声を立てた。僕たちがいるのは談話室だ。壁の色は明るく、テーブルとテーブルの間が広く取ってあり、ピアノまで置いてある。車いすに乗った老人がスタッフらしき人と折り紙を折っていた。別のテーブルにも話しこんでいる人がいる。そんななかにじいちゃんの声が響きわたり、周囲の注目を浴びてしまった。ちょっと恥ずかしい。

「冗談だ。真輝だってわかってる。ちょっとからかってやっただけだ」

はー、と息をついた。

「……それ笑えない。ばあちゃんといい、どうして笑えない冗談を言うのかな」

「瑶子は元気か？」

元気だと答え、借主が孤独死した物件の話で瑶子さんに脅されたと話した。

「ああ、孤独死か。覚えているぞ」

「覚えてるの？」

じいちゃんはそのまましばらく表情を止めた。そして言う。

「どこだっけ。……いやー、これがいろいろあってな。なんかこう、警察だのなんだの来てたな。あれはなんとも重苦しい空気になるんだよなあ」

「思いださなくていいよ、悪かった。訊きたかったのは別のことなんだ。囲碁の会の村瀬さん、あの人が持ってるメゾンヴィレッジでちょっとあったんだ」

「村瀬さん……うん」

覚えてるかな、と僕はじいちゃんの顔に自分の顔を近づけた。

「メゾンヴィレッジ……アパートだな。二階建て。緑……深緑色の外壁で1DKだ」

「そうだよ、そう。よく覚えてるね。そのアパートの南側に、住宅が二軒あるだろ。けっこう古い家だよ。その奥のほうの家に森野っておばあさんが住んでたんだけど、じいちゃんはその人と楽しくお話をしてたって聞いてさ。そのおばあさんのこと、覚えてる？」

じいちゃんが僕の目をじっと見てくる。そこに答えが書かれているかのように。

「森野、うん、森野……」

じいちゃんの言葉が続かない。

「ごめんごめん。もしも覚えていればと思っただけだよ。気にしないで」

「……悪いなあ。ゆっくり考えれば思いだせるんだ。……メゾンヴィレッジのオーナーの森野さんだよなあ」

いやオーナーは村瀬さんで、と言おうとしたが、忘れたことを責められたと感じさせるかもしれないと、やめた。

「あら設楽さん、今日はお孫さんがお客さま？　いいわねえ」

オレンジ色のポロシャツを着たスタッフの人が、声をかけてきた。気まずいと思っていたところなので、タイミングのよさに拝みたい。頭を下げた。

「お世話になっています」

「どういたしまして。設楽さん、これ、いつものチラシね」

スタッフさんが新聞折り込みのチラシを何枚か、談話室のテーブルの上に置いた。文字を読む。……マンションの販売？

「こちらはなんですか」

「新聞の広告。設楽さん、こういうの見るの好きだから、取っておいてお渡ししてるのよ。不動産の仲介会社をなさってたんでしょ」

僕の質問に、スタッフさんがニコニコしながら答える。じいちゃんも笑顔で、両手で掻《か》くようにしてチラシを自分のほうに引き寄せた。そのなかからまず一枚を選び、ポケットから携帯型の拡大鏡を出す。

「見てみろ、真輝。最近のマンションには畳の部屋がない。主寝室、洋室1、洋室2。いまどきは、和室はオプション扱いで注文しないといけないんだな」

「……これ、新築の分譲だけど」

「ファミリー向けなら分譲のトレンドを賃貸が後追いするだろ。収納の多さもポイントだな」

じいちゃんの目が輝いている。オプションにトレンドか。そんな言葉がさらっと出てくることに驚くような、嬉しいような。ものごとは忘れても、仕事は忘れないのか。

じいちゃんは、やるべきことや約束をだんだんと忘れるようになり、社長を瑶子さんに渡して退いた。僕が大学に入った年だ。それでも仕事は続けていた。仕事をしているときのほうが頭もはっきりしているようだったし、脳を活性化させると病気の進行を妨げられるという話も聞いた。けれど僕が四年生になったころ、管理しているアパートの階段を踏み外して腰の骨を折ってしまった。入院が長引いたせいか認知症も進み、いよいよ仕事も無理だろうと、本人も納得して辞めたはずだった。客商売だから仕方がないとはいえ、生きがいを奪ってしまったのだ。

じいちゃんはなめるようにチラシを見て、Aタイプには窓がある、Bタイプは内側の部屋だ、壁の厚さがどうこう、床がどうこう、とぶつぶつしゃべっている。じっくりとその一枚を堪能して、次の一枚に手を伸ばす。

こちらは宅地の分譲だ。区画と地図、近辺の写真が載っている。じいちゃんは拡大鏡に目を近づけて、細かな字で書かれた物件概要を読み上げていく。所在地、交通、都市計画、地目……

紹介されている宅地のとある箇所に、僕は目を奪われた。

「あ、これって！」

「俺のだっ」

チラシを手元に引っぱってしまい、じいちゃんに睨まれた。

「ごめん。取るつもりはないんだ。この宅地が気になって」

じいちゃんはまだ険しい顔をしている。僕はそんなじいちゃんの肩を抱きしめた。

「ありがとう。すっごく参考になった。また来るから」

片手を上げ、僕は駆けだした。走らないようにっ、とスタッフさんの叱責が届く。大きく一礼をして、早足で談話室をあとにした。

6

「接道義務というものがあるんです。建築基準法で、原則として幅員――幅が四メートル以上の道路に二メートル以上接していないと、建物を建てられないというものです。長谷さんの家は道路に二メートル以上接してはいますが、その道幅が狭い。今、車庫代わりにしていますよね。その状態で左右がぎちぎちだったし、三メートルあるかないかでしょう。あそこは、複数の家が建っているから道路という扱いをしている『みなし道路』なんです。だから――」

「セットバックの必要がある、だよな」

面倒くさそうな長谷さんの声が、電話の向こうから聞こえた。

店に戻った僕は、パソコンの画面にメゾンヴィレッジ周辺の地図を出した。長谷家——元森野家は過去に扱いがないから詳細な図面はないが、地図からでも南に接した道の狭さがわかる。家を辞するときに感じた違和はこの狭さだったんだ。じいちゃんのもとで宅地分譲のチラシを見て、やっとわかった。あのチラシには建築条件として、セットバックの必要が記載されていた。

「みなし道路の場合は、中心から二メートル下げる、って話だろ。相続したときから知ってるよ。昔は建てられたが今はできなくなった。悔しいが仕方ないな」

「ご存じでしたか、セットバック。それと、いずれ建て替えのご予定とのことですが、その場合はトラックなど、建設資材を運ぶ車を入れる必要があります」

「そのぐらいは入るだろ。無理なら東の道、白木さんの家に接してる道は広いから、そっちに停めさせてもらえばいい」

「そうはいっても玄関先ですし、あちらの道は幹線道路ではありませんが交通量があります。また、長谷さんの家の塀は、北側も南側もブロック塀ですよね。けっこう古い。ブロック塀は崩れる可能性があって、過去に事故が起きたこともあり撤廃していく傾向で、フェンスに取り換える方が多いんです。施工業者もきっと、建て替えの際に取り払うよう勧めてくるでしょう。ただ北側のほうは、メゾンヴィレッジの駐車場と接しています。家を建てるときに設置する足場も含め、工事で傷がつかないよう車を移動してもらう必要が出ると思われます」

「だろうな。どこでついたかわからない傷を、うちのせいだと言われてはかなわない」

「代わりの駐車場を用意しなくてはいけなくなってきます」

「まあ……、仕方ないな」

「けれどそちらに移動してもらうのは、村瀬さんや住人の方のご厚意ですよ」

どういうことだ、と長谷さんがいぶかる。

「車を動かすのは手間です。駐車場までの距離も遠くなるでしょう。俺は動かしたくない、しかし傷も埃《ほこり》もつけずにおけ、そう駄々をこねる人が出てきたらどうなさいますか」

僕の問いに、長谷さんが混乱したようになった。

「どうもこうも、まさに駄々じゃないか。いやがらせだ。そんなこと言うやつがいるのか？」

「ゼロとは言い切れません」

ちょっと脅しておく。いるかどうかはともかく、少なくとも面倒だという文句は出るはずだ。

「そんな変なのが、あのアパートに住んでるっていうのか？」

「長谷さん。この先のことを考えても、ご近所とは友好な関係を築いたほうがいいですよ。長谷さんがアパートの人を嫌っていたら、相手だって嫌がります。駄々をこねてみたくなるかもしれない。でもお互いの仲が良ければ協力してあげようって気になるし、なんだったら、トラックを駐車場側から入れさせてもらえるかもしれません」

電話の向こうが静かになった。

これは効いたか？　いくら偏屈な長谷さんでも、近い将来の得を考えれば変わってくれるかもしれない。

「それは……今は俺が駄々をこねているとでも言いたいのか？」

長谷さんの声が冷たい。

「とんでもありません。そうではなくて――」

「うるさいものはうるさい。そう言って何が悪い。夜中は音が響くんだ。駐車場に停めてある車のドアの開け閉めで目が覚めたことだってある。向こうが態度を改めないのに、こちらに我慢しろというのか！」

電話が切られた。

しまった、と僕は頭を抱える。

「ご近所問題はこじれると難しいからねえ」

背後から声が聞こえた。瑶子さんがほほえんでいる。

「仲良くしたほうが利があると伝えたかったんだけど」

「いい大人なんだし、正論ぐらいわかってるんじゃないかね。でももう引っこみがつかなくなっているんだろう」

「だったとしても、長谷さんはどう決着つけるつもりなのかな。クレームを続けていたところで、メゾンヴィレッジから住人をなくすことはできないのに」

瑶子さんは肩をすくめた。

「自分が引越すほうが早いね。いっそ森の中のお城にでも住んだらどうだろう」

「なにそのメルヘンな話。隣は神社だから森も林も似たようなもので、充分近いとこに住んでるみたいなもんだけど。あの林をねぐらにしているカラスの声は平気なわけ？　神社には文句言わないの？　隣の白木さんだって、メゾンヴィレッジについてなにも言ってきてないのに」

思い出したように、瑶子さんが首をひねった。

「どうして白木さんは言ってこないんだろうね。本当はうるさくないのかね」

たしかに不思議だ。長谷さんは、白木さんも同調していると言っていたのに。

「上品だから訴えるのが苦手なのだろう、なんて長谷さんは分析してた。長谷さんが嘘をついてるとは思わないけど、あの人、ちょっとしたことで、さあ文句を言おう、って戦闘態勢になっちゃってるんだよなあ」

「せっかく手に入った持ち家って言ってたんだろ。快適に住みたいって思うばかりに、細かいことが気になるのかもねえ」

パネルが飛んできた被害が、自然災害だったために補償されなかった。かなり腹立たしい思いをしたのだろう。自分に害を与えたメゾンヴィレッジに対して、好意的に見られないのも無理はない。とはいえ今の連続クレームは、いやがらせに近い。

もう一度、長谷さんと話をしよう。

この先もしも家を建て直すなら、周囲と折り合いをつける必要がある。ひとりきりで生きているわけじゃないんだ。

このままでは長谷さん、どんどん間違ったほうに進んでいってしまう。

そういえば、と瑶子さんが言う。

「おとうさんが以前住んでいた森野さんと楽しそうにおしゃべりしてたっていうのも、どこか気になるねえ。まあおしゃべり好きで愛想《あいそ》のいい人ではあるけど。真輝から連絡もらったからあの人がつけていた営業日誌を探してみたんだけど、これといった記載がみつからなくてねえ」

今はパソコンでつけている記録だが、当時はノートでつけていたという。十年前のものをきちんと残してあるとは、瑶子さんらしい。

「じいちゃん自身も覚えてないようすだった。村瀬さんが、じいちゃんはあちこちに顔を売ってたから、その一環じゃないかみたいなことを言ってたけど」

「セットバックが必要で建築工事のしづらい家をね、ふーむ」

　瑤子さんが考えこんでいる。

7

　まずは村瀬さんの説得が必須だ。防音ガラスのデータとかかる費用、対してこの先、入居人が減った場合と安定した場合のシミュレーション。電話とメールでもできるが、やはり顔を合わせて話したほうがいいだろう。不動産の管理とは、ただ物件を仲介したり維持をしたりするだけじゃない。空室をなくすための提案も業務のひとつだ。うちに管理を任せてくれている大家さんに、損をさせてはいけないのだ。

　一方でその返事次第では、表に貼ってある物件案内を外すことも考えないといけない。村瀬さんも大事、だけど借主のほうも大事だ。お勧めしづらい物件ではどうしようもない。

　数日後、昼すぎに村瀬さんと約束をした僕は、メゾンヴィレッジの前を通って――

　え？

　メゾンヴィレッジの駐車場に、救急車が停まっていた。音こそ鳴っていないが、回転灯が赤くなっている。

約束の時間までまだある。コイン駐車場のある道まで戻って車を置き、メゾンヴィレッジに走って向かった。

「なにがあったんですか」

同年代ぐらいでTシャツにスウェットパンツの男性が、駐車場に立っていた。彼以外はみな救急隊の制服で、慌ただしそうにしている。僕はその人に駆けよって訊ねた。

「向かいの家のおばさんが、倒れてて」

奥のほうの家を、つまり長谷家を指さしている。

「倒れて？　だいじょうぶなんですか？」

「どうなんだろ。すんごい音でテレビが鳴ってて、そこ、よく文句つけてくる家だからこっちもムカついて、窓から声をかけようとしたら倒れてる姿が目に入って、びっくりして一一九」

男性がうわずった声で言う。

「長谷さんの家の方は？」

「さあ。でもいたらその人が先に気づくんじゃないの」

それもそうだ。

長谷さんの妻は、すでに救急車のなかにいるようだ。後部ハッチが閉まる。運転者らしき救急隊の人が右前方の席に乗りこもうとしている。

　僕はその人に話しかけた。

「失礼します。僕、ここのご家族の携帯の番号、知ってます。行く病院が決まってるなら連絡しますし――」

「番号だけ教えてください」

　きびきびした声が戻る。僕はスマホから番号を見せた。相手が画面を写真に撮る。車はすぐさま走りだした。サイレンがはじまり、その音が遠ざかっていく。

　あのぉ、とさっき駆けよった男性から声がかかった。

「お知り合いですか、そこの家の人と。あのー、見つけたのは僕だけど、窓を割ったのは救急車の人なんで、そう伝えていただきたいんだけど」

「窓？」

「そう。玄関の鍵がかかってたみたいで、あ、それもだし、玄関先に車が停まってて入れないって言って、救急車の人、そこの窓を割って中に入ったんですよ」

　僕の位置からは割れた部分までは見えないが、カーテンが大きく開いていた。

「怖いんですよね、そこの家の人。よくも窓を割ったなって文句言われそうで」

「でも倒れてたんでしょ。命の恩人じゃないですか。だいじょうぶですよ」

　どうだか、と苦々しそうな顔で、男性が首をひねっている。

「相手から、直接文句を言われていたんですか？」

長谷さんも村瀬さんも、うちを通しているようなことを言っていたのに。

「子供がどなられたのを見たことがあって。……えっと、あの、どちらさまでしょうか」

「設楽不動産の設楽と申します。こちらのメゾンヴィレッジさんを管理しております。住人の方、ですよね？」

名刺を取りだそうとした僕に、「あ！」と男性が声をあげる。

「ゴミ！　捨ててくれませんでしたね。出張から戻ってきてびっくりしましたよ。とてもくさかったんだから」

「ええっ？　あなたが中尾さんでしたか。いやしかし、捨ててはいけないものを捨てることになっては申し訳ないので」

「あのときもゴミだって言ったでしょ。共用部分のゴミは掃除するのにどうして」

「ゴミであってもご自宅に置かれているものには所有権がありまして」

なぜ僕はこんなところでゴミ談義をする羽目になったのだろう。

中尾さんは出張の代休で、昼寝をしていたのだという。ところが突然、大きな音が外から聞こえてきて、文字どおり飛び起きたそうだ。そのときメゾンヴィレッジにいたのは中尾さんだけ。子供のいる一〇三号室の住人は、騒ぐと怒られるためショッピングモールのフードコートによく避難しているらしい。隣家の白木さん夫婦も外出中だった。

長谷さんは仕事で、妻は休みの日だった。妻の仕事が休みでかつ天候が良ければ、ガソリン代の節約のために妻の自転車を借りて仕事に行くのだという。だからあの狭い道路に車が置かれたままだったのだ。長谷さん、あとで救急隊の人に、緊急時の妨げになるのでよくないですよと注意されたそうだ。

妻は無事、生還した。

脳梗塞を起こして手術も受けたが、発見が早かったため大事には至らず、麻痺《まひ》も残らずにすみそうだという。なによりだ。

なんでも倒れたときに、救急車を呼ぼうとして間違ってテレビのリモコンをつかんでしまい、音量ボタンを押したらしい。そのまま意識を失ってしまったが、尋常じゃない音量にまで上がっていたとか。

音に文句を言っていた長谷さんが、音に救われることになった。

人生なにが起こるかわからない。

落ち着いたころを見計らい、見舞いの品を持って病院に出向いた僕は、談話室で長谷さんと会った。長谷さんはバツの悪そうな顔をしている。

「救急車を呼んでくれたのは、こないだの、カラスが来てたベランダの部屋の人だそうだな」

「中尾さんという男性です。お礼をなさるのなら、ご同行しましょうか?」

ちょっとおせっかいかもしれないが、相手は何度もクレームをつけたメゾンヴィレッジの住人だ。謝りづらいということはあるだろう。

大家の村瀬さんにも、似たような心理が働いた。今まで渋っていた防音ガラスを急遽《きゅうきょ》入れることになった。長谷さんの妻が倒れたのが引き金だ。騒音による睡眠不足、倒れた原因をそこに持ってこられてはたまらないとビビっていた。そしてくれぐれも長谷さんによろしく、怒らせないでくれよと懇願してきた。

「あんたと一緒にか。そうだな、……ああ。よろしく頼む」

長谷さんが頭を下げてくる。

頭を! 下げてくるとは! びっくりだ。

「わかりました。おまかせください」

僕は胸を叩《たた》く。

「そういえばメゾンヴィレッジ、防音ガラスが入ります。多少は静かになると思いますよ」

「ああ」

長谷さんが視線を落とす。

これは、雨降って地固まる、じゃないか? まさに昨日、気象庁が梅雨入りを発表したところだ。妻の命が助かったことがきっかけで、頑《かたく》なだった長谷さんの気持ちが変わったのだろう。今なら、村瀬さんとの仲も修正できそうじゃないか。僕が間に入って、これ以上の間違いはないようにしたい。

「長谷さん、ご提案ですが、一度村瀬さんと――」

「あんた、設楽さんさあ、家の修繕屋に詳しいか？」

話を変えられた。顔を上げた長谷さんは、僕をじっと見てくる。

「はい。メンテナンス会社や建具店、建設会社など、取引のある会社はいろいろありますよ」

「窓なんだけどな。北の部屋のガラスが割られていただろ」

「それは」

僕はつい、腰を浮かせる。

「誤解しないでくれ。わかってるよ。あのときは窓も玄関も鍵がかかっていたから、割って入ってくるしかないって。たださ……怖いって言うんだよ、うちのが」

「怖い、ですか？」

「いまさらだけど、そうやってたやすく泥棒に侵入される家なんだって、気づいたって言ってな」

「そう言われるとまあ、そうですね。でも雨戸がありますよね」

一軒家のデメリットだ。どうしてもセキュリティの面が弱くなる。

「ああ、俺も気持ち悪くなって、今は全部閉めている。だが木製だ。簡単に壊される。実際、台風で壊れたしな。窓ガラスにしても、知ってるよな、焼き切りという手法があるんだってな。小型のバーナーなんかでガラスを炙《あぶ》ってヒビを入れて割って、そこからあのくるっとした鍵、クレセント錠だっけ、それを外すそうだ。音もあんまりしないらしい」

その話は知っている。長谷さん、わざわざ調べたのか。

「窓の防犯対策というと、たとえば面格子を取りつけるという手もあるようだが、うちは全部、足元からの窓、掃き出し窓とかいうやつだ。素人考えじゃ、あとはどうすればいいのかわからない。それで修繕屋に相談したいと思うんだが」

「長谷さんは、遠からず建て替えたいと考えているんですよね。修繕に使う費用との兼ね合いも考慮したほうがいいかもしれません。たとえば、踏んだときに大きな音が出る防犯砂利を敷くという手もありますよ」

「うちのが退院するまでに、というのは無理だろうか」

砂利ならなんとか、と思わなくもないが、根本的な解決にはならないだろう。林のそばで公道に面していない家だし、ブロック塀が逆に泥棒の目隠しになっている。

「設楽さん、なにか手を考えてくれないか」

「え？」

僕が？　それ僕の仕事なの？

「あんたさっき、村瀬さんの名前を出したよな。俺と手打ちさせたいんだろ。だったらなにか、アイディアを出してくれ。それ次第だ」

8

めちゃくちゃだ。

台風の被害に遭ったせいでクレームをつけてくるのかと思ってたけれど、長谷さんはもともとクレーマー体質なのかもしれない。むちゃぶりしたらなんでもできると思ってるんじゃないだろうか。

今のところ、警備会社と契約するぐらいしか思いつかない。

メゾンヴィレッジの防音ガラス工事の確認をしに、僕は再び現地にやってきた。幸い今日は薄曇り。雨は降ってはいない。なのに長谷さんの家は言っていたとおり、雨戸が閉まっている。

ぼんやりとそちらを見ていたら、ブロック塀から子供の顔が覗いた。

長谷さんではない。隣の白木さんの家のブロック塀だ。長谷家と同じような作りなのだろう、塀の向こうに大きな窓が見えている。手を振ってあげたら、手を振り返してきた。もう一度手を振り返すと、ブロック塀の上に身体を持ちあげようとしてくる。

「あ、危ないよ」

僕は慌てて駆けよった。

「こら、なずな。危ない」

家の中からも声がする。

若い女性が、追って顔を出した。三、四歳くらいの女の子と、若い女性。いつだったかも白木さんの家の玄関近くで見かけたふたりだ。女性は、僕を見て不審そうにしている。

「すみません。こちらのアパートの管理を任されている設楽不動産と申します。今日はちょっと立ち会いに来ています」

僕は名刺を取りだしながら近寄った。女性が困ったように背後を見る。

「あーと、こんにちは。えっとあたし、留守番なんですよ」

「あとでお渡しください。こちら今度、防音ガラスが入りますので、騒音も少なくなると思います」

そうおん？　と女性は首をひねる。

「ええ。アパートからの音がうるさいというお声をいただいていて」

「ああ、騒音ね、騒音。まあたしかにね」

曖昧なようすで、女性が答える。

「白木さんからはお声をいただいてませんでしたが、ご迷惑をおかけしていたかと思います」

僕は深く頭を下げた。

「やだそんな、まあ、それほどでも。よく泊まるけど、あたしは気にならなかったし、うん」

ん？

うるさいと感じていたのか、そんなこともなかったのか、結局どっちなんだ。

白木さんからは、騒音について一度もクレームが寄せられたことがない。気にならない、ただそれだけなんだろうか。

でも長谷さんは、白木さんと顔を合わすたびにうるさいと話していたと言っていた。どうしてそんなズレが生じているんだ？　白木家の人が遠慮深いだけなのか？　この人もあまり、強気に出る感じではないし。

「あの、失礼ですが……」

「ここの家の娘です。結婚して一駅先のところにおります」

「ご両親と、アパートのことでなにかお話をなさったことはありますか」

「……特に。そのアパートができたときは、あたしもまだここに住んでましたが」

「アパートの方との交流はありますか？」

「あたしが？　いいえ。親も、たぶんないんじゃないかな」

親しいから音が気にならないということは、ままある。でもそうではないようだ。

「では隣の長谷さんとはいかがですか？」

「一度挨拶したかも。あたしはそのぐらいです。まえに住んでたおばあちゃん、亡くなったんですよね。あのおばあちゃんとはたまにお話もしたけど」

「おしゃべり好きだったんですか、森野さん」

「たいした話はしてませんよ。天気のこととか、お花がきれいだねとか、それくらい。よくテレビの音が漏れていたから、テレビが友達だったんじゃないですかね」

「村瀬さんとはどうですか」

「えっと……、どなたでしょう」

「アパートのオーナーさん、大家さんです。ご自宅は近所ではないんですが、お会いしたことはありませんか？」

村瀬さんと知り合いで、クレームを遠慮していたとか。

「うーん、あたしにはわからないです。以前はそこ、草ぼうぼうだったんですよね。でもたまに短くなってたから、その人が管理してたのかな。ああ、あと、古くて大きい家が建ってたっけ。人は住んでなかったけど」

「おっきい家?」

とそこで突然、なずなちゃんが声を上げた。

「ねえ、ママ。おっきい家はいつできるの?　なずなとパパとママ、おじいちゃんおばあちゃんと一緒に、ごはん食べるんだよね」

「いいねえ、ごはん。みんなで食べたらおいしいね」

僕は応じた。

「おじいちゃんと約束したんだよー。ここぜーんぶ使って、おっきい家を建てたいねって。ママもいたよね」

「そ、そういうのは約束じゃないの。ただのおじいちゃんの夢。冷蔵庫いっぱいのアイスクリームが食べたいとか、そんなのと同じ」

女性が狼狽《ろうばい》している。

「アイスクリーム!」

なずなちゃんが女性にしがみついた。アイスクリームアイスクリームと唱えている。

わかったわかった、と女性も繰り返す。

「失礼します。名刺は渡しておきますね」

なずなちゃんを抱き、女性はそそくさと窓の向こうに消えた。

女性の態度から、もしかして、と僕の頭にひらめくものがあった。白木さんが、アパートの騒音についてうちにも村瀬さんにも言ってこなかった理由。それなのに、長谷さんにはうるさいと同調していた理由。

この家も長谷家と同じぐらいの築年数で、結婚して出ていった娘との二世帯住宅を考えているようすだ。南側の道は狭いからセットバックが必要。今より少ない建蔽《けんぺい》率で建てるしかない。でも隣の、長谷家の土地をくっつければ、充分大きな家が建てられる。白木家の人は、長谷さんの、というより森野さんの家と土地を手に入れたかったんじゃないだろうか。

どこまで話が進んでいたのか、持ち掛けていたかいなかったかもわからない。でも森野さんは亡くなり、甥《おい》の長谷さんが相続した。

もしも白木さんが、こんなはずじゃなかった、と思ったとしたら。

長谷さんがここに居づらくなるように、村瀬さんやメゾンヴィレッジと仲が悪くなるよう画策した、とは考えられないだろうか。かなり遠回りな計画だけど。いや、画策ってほど陰謀めいたものじゃなく、台風被害を機に、ちょっと押してみただけかもしれない。住環境は大切だ。近所仲が悪くなる、物音が気になる、そういったものすべてがストレスだ。こんなとこから出ていきたいと思ってくれたらいい、うまくいったらラッキー、そのぐらいの感覚で。でもじわじわと繰り返して。

さて、と僕は考える。

長谷さんは泥棒に侵入されるかもしれないと、不安がっている。

絶対ではないけれど、安全なのはセキュリティに強いマンションだ。家と土地を売ったお金があれば、分譲マンションに移れるだろう。生活音の漏れも、分譲なら賃貸物件より少ない。小規模宅地等の特例を使っていても、相続から十ヵ月を経過しているから売却して引越すことは可能だ。

問題は売れるかどうかだ。セットバックが必要で、道が狭いため工事に手がかかる。家の取り壊し費用も差し引く必要がある。

でも白木さんなら買うだろう。

話の持っていき方を、間違えないようにしないと。まずは防犯ならマンションのほうがよいと、長谷さんに勧める。そのあとで、家を買いたい人を探してみると伝える。メゾンヴィレッジの騒音に関して、白木さんが長谷さんを煽《あお》っていたかもしれないことは、悟らせてはいけない。

僕はメゾンヴィレッジの駐車場に立ち、長谷家と白木家、二軒の家ごしに薄曇りの空を見上げた。

じいちゃんが森野さんと話をしていたのは、その可能性に気づいて探っていたのかもしれない。メゾンヴィレッジが建ったのは十年前、さっきの女性が学生だったころだろう。まだ話は具体的になっていなかったかもしれない。でも顔つなぎだけでもしておこうか。間に入れば、売買の仲介手数料が取れる——と。

やるなあ、じいちゃん。

雲を通してぼんやりと、太陽が見えていた。

CASE 3

事故物件なんて冗談じゃない

1

一八〇センチを軽く超えるほど背が高く、そのせいかちょっと猫背な玉野《たまの》逸帆《いつほ》さんが切実な顔をして来店したのは、二ヵ月ほどまえのことだった。

その夜も、静かな雨が降っていた。

設楽不動産はアーケード街にあるため天候の影響を受けづらいが、湿気はしっかりと感じる。外に面しているガラスや店内の壁など、あちこちに貼っている物件案内の紙が、しんなりとするのだ。

そんな案内には目もくれず、彼はまっすぐにカウンターにやってきて、こう言った。

「入居する部屋も、同じ建物のどの部屋も、一度として事故物件になったことのない部屋がいいんです。病死や事故死の場合でも嫌です。絶対に」

事故物件というのは、その部屋で亡くなった方がいるなどの心理的瑕疵《かし》のある部屋を指す。かねてから不動産業界では、こういった過去を持つ部屋ですが承知のうえで借りますか？　と借主に告知して確認する慣例があり、国交省も、他殺、自死、事故死が生じた場合には死亡から三年間は告知すべきとガイドラインを出した。逆にいえば、瑕疵がある分ほかの部屋よりお安く提供できることが多い。部屋の過去を気にしない借主にとっては、お値打ちな物件ともいえよう。

もちろん、絶対に無理、という人はいる。玉野さんはそちら側のようだ。けれど借りる部屋だけでなく、同じ建物のどの部屋もダメ、というのは極端だ。

ごまかす気などさらさらないが、今は事故物件を登録するネットサービスもあるので、たいていのことはわかってしまう。

「そういうご希望でしたら、新築になさるのが一番です。ただこの時期、新築は……」

僕は店のパソコンで不動産物件情報交換ネットワークシステム、通称レインズのデータベースを探す。学生の入学や社会人の転勤時期である年度の切り替えを過ぎたばかりで、空き物件自体が少ない。ましてや新築となると入居予定時期がはっきりしているので、建物ができあがるまえに大半が予約で埋まる。

「わかってます。ほかの不動産屋さんにも行ったので」

「すでに探されていたんですね」

「はい。転勤の辞令が出てすぐ動きはじめたんだけど、ダメで。そこはチェーンで、あまり親身になってくれなかったんです。一度別の人が借りたらそのあとは事故物件だとわからないものが多いとか言って、絶対なんて条件は無理だと断られました。その点、こちらのようなお店なら古い情報も知ってるんじゃないかと思って」

とそこで玉野さんは、ロイヤルブルーの服を着た瑶子さんにちらりと目を向けた。

たしかに瑶子さんは、人間データベースだ。年齢からのイメージだけではなく、実際に、仲介している物件で死者が出るなんてことがあればしっかりと覚えている。いわゆる街の不動産屋さんならでは。従業員の入れ替わりのあるチェーンの不動産会社にはない、うちの強みだ。なお、国交省のくだんのガイドラインでは、借主や不動産の買い主から、それらの事案の有無について問われた場合は告げる必要があるとされているので、チェーンの従業員の人は相手が知らないと思って適当な対応をしたようだ。

どれ、とばかりに瑶子さんが腰を上げた。書類棚からファイルを取りだし、何件かの物件を見繕って提示して、詳しく説明をする。

玉野さんはそのなかから、最も駅に近い物件を選んだ。

キャッスル富岡《とみおか》四〇三号室。六階建て二十八戸の堅牢《けんろう》な建物だ。エレベータもついているし、角部屋ではないが、僕でもここを選ぶだろう。1DKでバスとトイレが別になっている。ひとり暮らしなら充分な環境だ。

「四階というのが少しだけひっかかりますが、便利さと金額から考えるとこれですかねえ。……ここ、ほかの階は空いてないんでしょうか」

「ええ。空室はこの部屋だけです。途中の階はお嫌いですか」

玉野さん、最上階にはこだわってなかったはず。一方、高齢者だとか子供がいるとか、そういった理由で一階の部屋を選ぶ人もいるけれど。

「四や九という数字って、避けるものじゃないですか?」

　玉野さんが真顔で言う。

「四号室、九号室がないという建物はありますが、階数は物理的なものなので、ちょっと」

　僕の答えにかぶせ、瑶子さんも申し訳ありません、とうなずいた。

「まあそうですよね。それは仕方がないと納得しています。悪いのは変な時期に転勤させるうちの会社なんで」

　玉野さんが猫背の背をさらに縮めるようにうなだれた。

「それでは現地のご案内を」

　そう言って僕は、玉野さんをキャッスル富岡に案内した。コンビニや飲食店も近く、周辺環境の面でも合格のようだ。日当たりや窓からの眺望は気にしないというので、その夜のうちに入居申し込みとなった。確認書類を出してもらっての入居審査も問題なく、無事、賃貸借契約締結となって玉野さんは四〇三号室の借主となった。

　が。

　玉野さん、梅雨寒の雨の午後、怖い顔をして店に飛びこんできたのだ。

　金縛りに遭《あ》ったんです、と言いながら。

2

「今日、体調が悪くて会社を休んだんですよ。寝てたら、金縛りに遭ってしまって。すごく重いものにのしかかられて、身動きができなくなってしまいました。事故物件じゃない部屋を紹介してほしいって、オレ、言いましたよね。どういうことなんですか！」

玉野さんの叫びに、僕は瑶子さんと目を合わせる。

「キャッスル富岡ですよね。本当に、あちらの建物では一度として、お亡くなりになった方が出たことはございませんでしたよ」

瑶子さんが説明している間に、僕はスマートフォンで「金縛り」の検索をする。

「一度も？　本当に？　築何年でしたっけ」

「十二年か十三年かと……お待ちください」

瑶子さんが書類棚を指さした。三木さんが弾《はじ》かれたように立ちあがり、キャッスル富岡のファイルを取ってくる。三木さん、顔が呆《あき》れてるよ。失礼だから引き締めて、と僕は自分の頬を叩《たた》いてみせる。

幸い玉野さんは気づいていないようだ。「十三年？」と嫌そうにつぶやいている。まさかその数字も気にするの？

「築十二年ですね。そして今までの借主の方は全員、スムースな退去となっております。もちろん、ずっとお住まいの方もいらっしゃいますよ」

瑶子さんがファイルを確認しながら答える。

「ずっと住んでる人、教えてください。その人から話を聞きます」

「申し訳ありませんがそれは、私どもからはちょっと」

「個人情報とかそういうのですか？　でも実際に、金縛りに遭ったんですよ。絶対、あの部屋にはなにかがいます」

玉野さんがカウンターに身を乗りだす。

すみません、と僕は口をはさんだ。

「金縛りは一種の睡眠障害ですね。寝不足やストレス、疲れなどが原因で起こるようです」

「だけど上からのしかかられたんですよ。身体《からだ》がまったく動かなくなって」

「はい、でも心霊現象ではないとこのようにネットに」

僕はスマホの画面を玉野さんに見せた。

「ネットの情報を鵜呑《うの》みにしないでください」

「いえ、医学的にもわかっていることのようです。ほらこちらは、お医者さんの書いた記事です。信用していいんじゃないでしょうか。正確には睡眠麻痺《まひ》と呼ぶらしく、えーっと、人は眠ると、まず深い眠り、ノンレム睡眠になって、そのあと徐々に眠りが浅くなってレム睡眠になるそうです。そのあとノンレム睡眠とレム睡眠を交互に繰り返すけれど、これがなにかの原因で乱れて、眠ってすぐにレム睡眠になることがあり、そういった場合に金縛りが起こります。レム睡眠時は脳が活動しているせいで錯覚を起こしやすくなって——」

「そういうんじゃないです。本当に体験したんだ。オレが金縛りに遭うと危ないんですよ」

「遭うと危ない、とは」

「最初に金縛りに遭ったのは小学生のときで、ひいばあちゃ……曽祖母《そうそぼ》の家で昼寝してたんです。すごく怖い鬼が現れて、きっとあれは閻魔《えんま》様です。その閻魔様にのしかかられて、曽祖母に助けを求めました。曽祖母が、あたしが代わってあげるよと言ってくれたおかげで、閻魔様は去ってくれた。でも翌日、曽祖母は倒れてしまって。結局そのまま亡くなりました。オレが曽祖母を死に追いやったようなものです」

玉野さんが沈痛な表情になる。カウンターに置かれた手は握りしめられ、震えていた。

「……それは、お辛《つら》かったですね」

瑶子さんがしみじみとした声で相槌《あいづち》を打つ。心が籠《こも》っている……ように聞こえた。内心はわからないけど。

なにしろ客商売のベテランだ。僕もそうしたいけれど、見透かされると困るのでうなずくに留《とど》めた。玉野さんが小学生のときの話なら、曽祖母って人はいくつだったのだろう。瑶子さんはわずか二十歳で結婚してすぐ父を産んでるから、僕との年齢差は同級生たちよりも少なく、四十七歳違い。それでも僕が小学生にもなると、そのひと世代上、曽祖父母に当たる人はいなくなっていた。不謹慎だけど、寿命だったとも考えられるのでは。

「まだあります」

玉野さんがぼそりと言う。

あるんですか？　とつっこみを入れたくなった。

「高校の修学旅行でのことです。そのときも金縛りに遭ったんですよ。翌朝、なんかいるんじゃないかって話をしてたら、ひとりが掛け軸をひっくり返して裏を見て。知ってますか？　旅館やホテルの掛け軸や絵の裏。出る部屋には封じる意味でお札が貼られているんですよ。案の定、貼られてました。それ知ってるなら、先に見ておけよって話ですよね、まったく。以来、オレはホテルに泊まるときの習慣にしてるんですよ。みなさんも参考にしてください」

「はい」

と瑶子さんが素直にうなずいた。瑶子さんならすでに知っていそうな気もしたけれど、僕はなにも言わず、同じようにうなずいておく。

「それから、大学の同級生に事故物件に住んでたのがいるんですよ、安いって理由で。で、そいつとは別の友人に霊感が強いのがいて、オレ含めて三人、同じ講義を取ってたんです。事故物件の彼、霊感が強いほうの友人にやめとけってアドバイスされたにもかかわらず、住み続けていて。その事故物件の彼と会ったあとは、必ずといっていいほど金縛りに遭うんです。つまりこれ、部屋の中だけに霊障が現れるわけじゃないってことですよ。単位が取れたときは、もう彼に会わずに済むとほっとしました。でもなんとその彼だけ、単位を落としてるんですよ」

玉野さんが真剣な目で訴えてくる。学生が単位を落とすことはままあると思うけど、本人が信じ込んでいる以上、考えは変えないだろう。

「玉野さん、お話はわかりました。ただ本当に、キャッスル富岡では過去になにも起こっていないんですよ」

瑶子さんが柔らかな声を出す。

「なにもですか？　まったく？」

険しい目をして、玉野さんが問うてくる。

「はい」

菩薩《ぼさつ》のような顔で、瑶子さんがうなずく。

「……じゃあ、なんなんだろう。目が覚めてからも、ごおお、ごおお、って音がしていたんですよ」

「どこからでしょう」

「天井から」

「上の階の方の生活音ではないでしょうか」

キャッスル富岡の床材は遮音性能が高めで、多少の足音では響かないはずだけど。

「夜なら納得しますが、平日の午前中ですよ。うちのマンション、ほぼ単身者しかいないじゃないですか。仕事に行ってるんじゃないですか?」

「平日にお休みのお仕事もありますし、たまたまお休みだったということもありえますよ。ところで玉野さん、お身体はだいじょうぶですか? 体調不良でお休みをされていたとのことですが」

瑶子さんのいたわりに、玉野さんが苦笑する。

「ふっとんじゃいましたよ。あまりの恐怖に」

「お疲れはあるのでしょうから、ゆっくり休まれたほうがいいと思いますよ」

あの、と僕は手をあげ、口をはさんだ。

「さっきのお医者さんの記事によると、金縛りは仰向《あおむ》けで寝るとなりやすいらしいですよ。横向きでお休みになったらいかがでしょう」

「睡眠麻痺でしたっけ、そういった医学的な金縛りじゃなく、オレのは本物の金縛りなんです」

「……気休めにでも、試してみてもいいのかもと」

本物の、とはなんだろう、と思いながら答える。

「わかりました。いえ、わからないけれど、とりあえず帰ります。事故物件じゃないということだし」

はい、と僕はほっとする。これ以上はどうしようもない。

「あ、そうだ。近くに神社はありませんか？　せめてお札を買いたくて」

玉野さんの要望に、近隣の地図をプリントアウトして渡す。もっとも、ここから一番近い神社は縁結びの神様だ。むしろ縁切り神社のほうがふさわしいのかも。

玉野さんは地図を片手に帰っていった。猫背の肩を力なく落としながら。

3

「やだなにそれ。だいじょうぶなのその人」

その夜、千晴さんの襲来を受けた。千晴さんは瑶子さんの娘、父の妹だ。つまりは僕の叔母さんだが、子供のころから絶対におばさんとは呼ばせてくれなかった。おねえさん、または千晴さんだ。

「なにを信じるも自由だけど、幽霊の存在は信じないほうが楽に生きられると思うねえ」

瑶子さんがお茶をすすりながら応える。

「たしかにね。……おーい、真輝、お酒が足りないから買ってきて」

千晴さんが僕に財布を投げる。

「え？　千晴さん、泊まっていくつもりなの？」

「いいじゃない、実家なんだから」

「奈都《なつ》ちゃんはどうするのさ」

奈都というのは、千晴さんの娘だ。小学二年生になる。千晴さんは、夫の智弘《ともひろ》さんと奈都ちゃんとの三人家族で、ここから乗換駅を含む程度には離れた賃貸マンションに住んでいる。

「智弘にまかせる。一日ぐらいだいじょうぶでしょう」

千晴さんの言葉を受け、なんの気なしに、僕は言ってしまった。

「母親なのに」

は？　と千晴さんが鬼の顔になる。

「智弘は父親。私と同じことができる。できてあたりまえ。智弘も私も外で働いている。条件は同じ。彼だけ泊まりの出張に出られて私が出られない理由はない」

「あ、いやその、おかあさんがいないと奈都ちゃんが寂しいんじゃないかというか」

しまった、と思いながらも僕は言い訳を探してしまうが、さらにまずかった。

「父親がいなかった場合も奈都は寂しい。母親がいない場合と同じ。ごまかすんじゃないよ、真輝。あんたの発言は偏見」

「……すみません」

「早くお酒、買ってきな。適当なおつまみも」

千晴さんに追い立てられるように玄関に向かった。瑶子さんが「明日の朝の牛乳もお願いね」と追加を告げる。

玄関の扉の外で、僕は肩を落としながらため息をついた。

失敗した。千晴さんの言ってることは圧倒的に正しい。でもいきなり、出張って？

それはなんのことだろう。

千晴さんと僕の相性は、正直、あまりよくはない。当時の僕は知らなかったことだけど、僕の両親の葬式で、千晴ちゃんが結婚さえしていれば僕を引き取って養子にできたのに、という意味のことを親戚から言われたらしい。そのころの千晴さんは三十四歳くらいだっただろうか。飲料メーカーで主任の職位についていた。他人の人生を勝手に決めるなと、かなり怒ったらしい。それは僕も、怒って当然だと思う。

そういったことがあったせいなのか、千晴さんは僕との距離を取ろうとしているように感じる。一方で、早く自立しろと急《せ》き立ててもくる。瑶子さんとは一緒に暮らしているけれど、僕は一人前の仕事をしているつもりだし、料理も多少は作るし、子供のころみたいに寄りかかってはいないのに。

コンビニで缶ビールと乾きものをいくつかと牛乳を買って、マンションの部屋に戻った。千晴さんは瑶子さんに愚痴をこぼしている。智弘さんとケンカをしたようだ。どうやら出張の仕事を巡って、さっき僕が投げた言葉と同じことを智弘さんが言ったようだ。千晴さんの返答も同じで、智弘さんは終始言い訳に逃げていたらしい。そして千晴さんが爆発。僕は怒りの炎が燃え盛っていたところに、よりにもよって油を注いだみたいだ。

教訓。口は災いの元。

翌朝、千晴さんは普通に食事をして、会社に出かけていった。出がけに怖いことを言う。

「昨日の事故物件がどうこうって言ってた借主、絶対にまたやってくるよ。納得してなかったんでしょ？」

「納得しないもなにも、実際、あの部屋にもマンションにもそういった過去はないんだよ。どうしようもないって」

「そのいるかいないかわからない霊を追いだしてやるとか？」

千晴さんが小馬鹿にしたように笑う。

「楽な仕事なんてないからね。本気で設楽不動産を継ぐ気なら、不条理にも立ち向かうことだ」

千晴さんも、僕が就活に疲れてうちの仕事を継ぐことにしたと思っているひとりだ。方向転換をしたのは、僕なりにできることを考えて出した結論で、つまりはじいちゃんと瑶子さんを支えようと思ってのことだ。昨夜、僕の偏見について嫌みを投げてきたけど、会社員として世の中に出てる人もまた、就活しなかった人に偏見を持ってるんじゃないのかな。

ほかの人の考えを変えるのは難しい。僕が地道に仕事の成果を積み重ねていけば、そのうち認めてもらえるだろうか。そう思うしかない。

けれどこの人の考えを変えるにはいったいどうすればいいのか、まったくわからない。

もちろん、玉野さんのことだ。


そのことを知ったのは、玉野さんからではなかった。五〇二号室に住む山本《やまもと》さんが教えてくれたのだ。

「突然、玉野さんが訪ねてこられたということですか?」

あれから一週間ほど経《た》っている。

山本さんの家賃が銀行の残高不足で引き落としできなかったというトラブルがあり、電話でやりとりをしていた。貸主と借主の仲介を仕事としている僕ら不動産会社は、家賃の滞納問題にも対応している。山本さんからは、クレジットなどの引き落としが重なって残高不足に陥っていたと説明されたので、まずは単純ミスと考えていいだろう。これが続くようなら要注意、からの退去をさりげなくちらつかせる方向に舵《かじ》を切らないといけないが、無事に入金されたので今回はこれで終わりだ。僕は、最近気になることや世間話などを当たり障《さわ》りなくしゃべりながら、今後、同じことが発生する恐れがないかを探る。こういうのは年の功、瑤子さんのほうが得意だけど、山本さんは僕と同じ二十代男性という共通項がある。仕事忙しいですかー、へえ帰宅後はゲーム漬けですか、今どんなのやってんですー、なんて警戒心を抱かれないよう、軽い調子でしゃべっていたなかで出てきた話だ。……ちなみに山本さんの残高不足はゲームへの課金が原因だった。

「玉野さん、いついつの昼間は家にいましたかって、急に訪ねてきたんすよ。問題にされた日の翌日か翌々日の夜だったかな。自分、会社行ってましたけど、としか答えようがなかったすけどね。こっちも、なにかあったか訊《たず》ねたんだけど、大きな音が聞こえてどうこうとか、あんまはっきりしなかったっすね」

「玉野さんとは顔見知りなんですか？」

僕がそう訊くと、山本さんは笑いの混じった乾いた声を出した。

「初めて会いましたよー。だって毎日仕事で遅いし、隣の人でさえ滅多《めった》に顔を合わせやしないっしょ。階が違うから引越し挨拶もされなかったし。自分もどこにも挨拶してないけど。で、その日、なんかあったんすか？」

どう答えたものか悩んでしまう。玉野さんは霊の存在を感じたらしい、なんて言えない。

「いやあ、こちらにはなにも」

「そうっすか。ああ、あと、いつから入居してるかも訊ねられましたね。新築のときから住んでる人を知らないか訊《き》かれたけど、自分、そんなのわかんないし。ちょっと変わった人なんすかね」

「みなさん入居審査を経て住んでいらっしゃる方なので、問題はないですよ」

と通りいっぺんの返事でごまかした。なにか気になることがあれば遠慮なくお知らせください、とつけ加えて。

五〇二号室の山本さんは、四〇三号室の玉野さんの真上ではない。1DKというそれほど広くない部屋だし、斜め方向からの音が伝わる可能性もあるので考え方としてはわかる。ただその位置に住む人に突撃しているぐらいなら、真上にも訪ねていくだろう。真上の五〇三号室の吾妻《あづま》映見《えみ》さんは、二十代後半の女性だ。ひとり暮らしの女性の部屋に男性が直接訪ねる、というのは、少々ざわつく。

4

瑶子さんと相談し、住居に関するアンケートと称して訪問することにした。変な噂《うわさ》が立たないよう、対象は全員とする。広く考えれば維持管理業務の一環、トラブルが起きる可能性は早めに潰しておきたい。キャッスル富岡はエントランス扉にオートロックも防犯カメラもついていない。防犯カメラは非常階段のそばの一台だけだ。案の定、何人かの借主からそれらを指摘された。そろそろオーナーの富岡さんにも設備の必要性を納得してもらうべきころだろう。

富岡さん、親族が代表を務める会社の重役で、合理的というか、無駄なことが好きではない。必要か不必要かの区別をはっきりつけるタイプだ。昔、親が持っていたアパートで騒音トラブルが多かったという理由で壁材と床材にはこだわったそうだ。住人同士のトラブルが少ないほうが入居者が安定していて、長い収益を生むと見込みを立てたらしい。実際、長年住んでいる人もいるし、空室ができてもすぐ入居者が見つかる優良物件だ。外壁は茶色で、共用部分の色も暗くならないギリギリの濃いめ。これらは汚れが目立たないからという理由だ。一方で、女性専用マンションではないという理由でオートロックと防犯カメラの導入は渋っている。富岡さん個人として必要を感じていないのだろう。そうはいっても、侵入者の恐怖を感じるのは男性とて同じ。時代の流れ的にもオートロックは欲しいし、防犯カメラをエントランスとエレベータにつけたほうが安全だ。

さて五〇三号室、吾妻さん。インターフォンを鳴らすとわざわざ外廊下まで出てきてくれた。最近困っていることはないですかというふんわりした僕の質問に、首を横に振る。

「なにもありませんよ。今のとこ、満足してます」

笑顔でそう答え、ではとばかりにさっさと部屋へと戻ろうとする。僕も警戒されているのかも。

「お待ちください。なにも、ですか」

「ええ、なにも」

「……あの、別のマンションの話ですが、たとえばこういう声が寄せられています。上の階の人がベランダの植物に水やりをしたせいで洗濯物が濡《ぬ》れたとか、同じく洗濯物ですが、下の階から漂ってくる柔軟剤の香りがきつすぎるとか」

ヒントを遠回しに投げてみる。上か下の階とトラブルになっていないかと。

「気にしたことないけど、私が迷惑をかける可能性もあるわけですね。用心します」

「ありがとうございます。あー、それから音はどうしても上下に響くので。普通の足音程度ならだいじょうぶですが」

とそこでやっと、吾妻さんが思いだしたような表情になる。

「そういえば一週間くらいまえに下の階の方から、音の響きを感じるみたいなお話が。なんてお名前だったかな、忘れちゃった。私には覚えがなかったのですが……というのは言い訳っぽいですね。すみません。以後気をつけます」

吾妻さんは素直に頭を下げてきた。

よかった。吾妻さんは玉野さんが訪ねてきたことを、さほど気にしていないようだ。下手に掘りさげると逆効果になりかねないので、僕は笑顔を保ちながら質問を終えることにした。

「集合住宅なので、どうしてもお互いさまのところはあります。でもなにか気になることがあれば遠慮なくお知らせください」

吾妻さんも笑顔で見送ってくれた。

不在の部屋には、設楽不動産のメールアドレスを書いたアンケート用紙を入れておいた。山本さんとは逆側の斜めの位置にあたる五〇四号室は不在だった。山本さん同様、夜遅くまで仕事のようだ。男性の借主なので多少は安心感がある。もちろん、未知の相手から突然訪問されたときの忌避感やその強さは、人によって違い、同性異性問わず気味が悪いだろうけど。

そして問題の玉野さん。だからこそ彼には、注意をしておかないといけない。

四〇三号室を訪ねると、玉野さんが暗い顔をして出てきた。

「設楽さん、いいところに。確認したいことがあったんですよ」

と、僕がお願いするよりも早く、室内へと誘《いざな》われた。玄関先で話をして誰かに聞かれたらどうしよう、と心配していただけにありがたいが、なにごとだろう。

キャッスル富岡はどこも、玄関のすぐそばがダイニングキッチンになっている作りだ。とはいえそこは食卓が置ける広さがあり、ガスコンロの口もふたつと、自炊に不自由はない。設楽さんの部屋に食卓はなかったが、三段ボックスが複数並んでいて、見せない収納というのかボックスにはカゴが入り、ものによっては布までかぶせられていた。整理整頓が好きなようだ。少し気になったのが、玄関の扉を振り返ったときに見えたお札だ。いわゆるドアスコープ、覗《のぞ》き見用の穴の上に貼ってある。お札ってこういう位置に貼るんだっけ？　僕にはわからない。

僕は奥の部屋に通された。床に直置きされたマットレスの上の布団はきれいに畳まれていて、すぐそばに小さなローテーブルがあった。そのまえに座るよう促される。

「聞いてくださいよ。昨日の昼のことなんですが」

真剣な目で玉野さんが見てくる。昨日は平日で、玉野さんは休みではないはずだ。という僕の心の中の問いに気づいたのか、玉野さんがうなずく。

「休んだんですよ。だって金縛りに遭うから」

「横向きに寝てもダメでしたか」

「知らないうちに上を向いちゃうんですって。それに、オレはその睡眠なんとかじゃなくて、やっぱりなにかがいるんですよ。で、昨日は五階の人や左右の部屋の人が全員出かけるのを確認したうえで、お札を手にじっとしていたんです」

つっこみどころが多すぎる。

五階に住んでいるのは五人、ひとつの階に五号室まである。プラス左右の部屋の二人で、七人。それだけの人の外出を確認するところにも呆れるが、わざわざ霊障を待つというのもどうなんだ。怖がっているのか出現してほしいのか。

「それで、……今回は笑い声が聞こえてきたんです」

玉野さんがごくりと喉を鳴らす。

「外の笑い声が届いたんじゃないですか？　昨日は晴れてたし、窓を開けていらしたんじゃ」

「いいえ、閉めてます。部屋全体を包み込むように壁全体から聞こえてきて。もうオレ、怖くなって怖くなって、友達のところに駆け込みました」

「人の声なら、下の部屋からしたということも考えられますが」

「……下の部屋まで調べろと」

「いいえそうではなく、あまり霊障に結びつけないほうがいいかと。繰り返しになりますがこちらの部屋を含め、キャッスル富岡のどの部屋も、一度も事故物件になどなっていませんよ。あえてということでしたら、たしか大学時代のご友人に霊感の強い人がいらっしゃるというお話でしたので、その人に相談してみてはいかがです？」

半信半疑、いや九割以上その友人の能力とやらに疑いを持っているが、念のため提案してみた。玉野さんは僕の話を信じようとせず、思いこみに囚《とら》われている。彼が少しでも信じられる人に、気持ちを落ち着かせてもらったほうがいい。

「オレもそう思って、見てもらいました」

え？　と驚いた。

これだけ騒いでいるということは、まさか。

「駆け込んだ友達というのがそいつです。無理を聞いてここまで来てもらったんだけど、そいつはなにも感じないということでした」

ほっと息をついた。もともとなにもないと思っていたけれど、お墨つきをもらった気分だ。

「よかったです。玉野さんも安心できたんじゃないですか？」

「マンション全体からも漂うものはなにもないと」

「そうでしょうとも。ですから一度も事故物件になったことはないと申しあげたとおりです」

　僕は深くうなずいた。

「でも実際にあるんだから、おかしいでしょ」

　は？

「だからふたりでいろいろと推理した結果、考えられる可能性はひとつということになりました。住人の誰か個人に憑《つ》いているんです。つまり、霊はその人と一緒に移動していて、このマンションに出たり入ったりしている。それをオレが察知したときに影響が出るのではと。講義を落とした大学の同級生に近いパターンです。事故物件の部屋だけに霊障が現れるわけではない」

　やばい。お墨つき、撤回だ。その友人もどうかしている。

「……あのですね、玉野さん」

「昨日外出を確認できた上の階のみなさんと左右の部屋の方は、憑いていない人と考えていいんでしょうね。オレが笑い声を聞いたときに不在だったのだから。よって、それ以外の方々となります。友達も仕事があるので全員をチェックすることはできないし、オレもその誰かのために怖い目に遭うのは、もうごめんです。だから設楽さんか家主さんが、霊能力者かどなたかを呼んでひとりずつ見てあげていただけませんか。可能性があるのは、昨日の昼にマンションに残っていた方です」

玉野さんの目は澄んでいた。本気で言っている。

「玉野さん、そういうことはできかねます」

「なぜですか。オレ以外にもなにかを感じたり、体調が悪くなったりと影響が出てる人はきっといますよ。なにより、憑かれてる人が大変な目に遭うじゃないですか」

「玉野さん以外の方から、なにかを感じるというお話はいただいていません。また、もしも体調が悪いとおっしゃられたら、私どもはお医者さんにかかることをお勧めします。玉野さんもですよ。金縛りが続いて眠れなくなっているなら、まずはお医者さんに相談してください。睡眠障害で検索すれば、扱っている病院が出てくると思いますよ」

玉野さんが、不満そうに唇を歪《ゆが》めている。

「実は一部の住人の方から、一週間前の昼間に在室していたかどうかを玉野さんに訊ねられたというお話を耳にしたのですが、事実ですか」

僕はできるだけ柔らかい声を出すよう心がけた。

「……まあ」

「トラブルになるといけませんので、直接お伺いするのはお勧めできませんよ」

「誰か、文句を言ってきたんですか？」

「いいえ文句ではありませんでした。ついでの話題に出ただけです。ですが、騒音問題は慎重に行動なさったほうがいいと、そういうお願いです」

「騒音を問題になんてしてません。昼間いたかいなかったかを確認しただけです。その人、誤解してるんだ。責めてなんていないのに」

せっかくありがちな問題に転嫁したのに、なぜわかってくれないのだろう。見ず知らずの相手が突然部屋にやってくることを、怖いと思う人はけっこういる。しかも昨日は、五階の住人と左右の人の不在を探っていただなんて。そこまでしたらほぼ怖がられる。

「部屋にいるかいないかも、その方のプライバシーですので探るとトラブルになりますよ。ストーカーと誤解されるのもつまらないでしょう」

「けれどオレだって、安心して暮らしたいんですよ」

玉野さんは納得していないようだった。このままだと玉野さん、ほかの住人から総スカンを食いかねない。

5

「どうすればいいと思う？　玉野さん、思いこみが激しいんだよね。その思いこみをなんとかして消してもらわないと」

店に戻った僕は、瑶子さんと三木さんに相談をした。相談というより、ほぼ愚痴だ。

「大学のお友達って人もすごいですねー。本当に見えてるのかしら」

三木さんが目を宙に漂わせた。そこになにかいるかのようなしぐさはやめてほしい。

「その友達が本当に見える人かどうかはともかく、少なくともキャッスル富岡では見えない、って言ってるんだよ。なのにどうにかして存在する可能性をひねくりだしてさあ。ふたりで推理した結果ってなんなんだよ。友達なら、玉野さんが間違った考えに固執するのをとめてほしぃよ」

「ねえ瑶子さん。たしか入居者がお亡くなりになった部屋ではお祓《はら》いをしてましたよね？それをやったらどうですか」

三木さんが提案をしてくる。もしも貸主がお祓いを頼んできたら、契約している神社にお願いしているのだ。うちの仲介料は取らないけれど、お祓いそのものは有料だ。

「あれは気持ちの問題だからねえ。次に入居する人への、お祓いしましたよという説明がわりというか、いわばお葬式だよ。成仏してくださいっていう区切りだね」

神と仏がごっちゃになった発言をする瑶子さんだ。でも神社ではなく寺に頼みたいという貸主さんもいるから、どちらであっても、そういった区切りがつけばいいのだろう。

「霊験あらたかな神社ってわけじゃないの？」

僕の質問に、瑶子さんは苦笑する。

「縁結びの神様だからねえ」

玉野さんに最初に伝えた近所の神社だったか。たしかにあそこは車のお祓いなどの一般的な祈禱《きとう》もやっている。取り立ててすごい除霊能力を持っているというわけでもなさそうだ。

瑶子さんが続けた。

「家でもマンションでも、建てるときにはまず地鎮祭をやるだろ。あれも、土地には神様がいる、って考えが前提だ。私どもに土地を使わせてください、っていう謙虚な気持ちからきている。だれかがお亡くなりになった部屋も、その人の気持ちが残ってるかもしれないって前提で、どうぞ安らかに眠ってください、次の人に使わせてください、って祈る意味もあってお祓いをするんだよ。それが気持ちの問題ってことだ。人に悪さをしそうな霊だかなんだかを退治するのは、特別な力が必要じゃないのかい。……そんなものがいると仮定しての話だけどさ」

うーん、と三人が同時にうなる。

「でもやっぱ、その一応であっても、お祓いしてもらっちゃダメかな。玉野さんの気持ちは落ち着くと思うんだよね」

僕のお願いに、瑶子さんは渋い顔のままだ。

「お祓いしたあと、玉野さんの金縛りがなくならなかったらどうするんだい？　もっと強い霊能力者を呼んでほしいって言いかねないよ」

「それは困る。だけどこのまま放っておくわけにもいかないじゃない。金縛りなんて、誰にだって起こり得る生理的現象なんだから」

「あら私、起きたことないけど」

三木さんが口をはさんだ。先日ネットを検索して得た知識によると、金縛りは比較的若い世代に起こるようだ。でもこの話は黙っておこう。口は災いの元、心に刻んだばかりだ。

「三木さんはきっといい睡眠が取れてるんですよ。だけど玉野さんは取れてなくて睡眠不足で、ストレスも溜《た》まってますます金縛りを起こしやすくなっている。悪循環に陥っているんじゃないかな。たかが、って言うと気を悪くされそうだけど、たかが金縛りのせいで間違った道を進むのは避けてほしいんだけど」

「間違った道ねえ」

瑶子さんが、含みのある表情で見てくる。

「なに？　間違ってるでしょ。なんとか目を覚ましてほしいじゃん」

「でもそれもその子の人生、信じたいならしょうがないじゃないの」

「しょうがなくもないよ。だってほかの人とトラブルを起こされたら困るし。違う？」

「困るといえば困るねえ。けれど他人がどうこうできるものなのかねえ」

とそこで話は止まってしまった。どうすればいいのかわからないまま、僕らはまたうなり、ため息をついた。

煩悶《はんもん》している間に、玉野さんの行動は加熱していた。

ポストインでお願いしたアンケートが翌日からメールでちらほら戻ってきたのだが、なんと、エントランスとエレベータで盛り塩を目撃したというのだ。

誰がやったと名指しするものではないので、玉野さんがやったとは限らない。でもほかにやりそうな人を思いつかない。アンケートでは、なにかありましたかと疑問の声をいただいていた。なにもありませんよ、とお返ししたけれど、きっと不審がっているだろう。

僕は再び、キャッスル富岡に出かける羽目になった。

「……はあ。ホントに盛ってある」

思わずつぶやいてしまう。エントランスの出入り口の両脇に小皿が置かれ、白い粉状の物体がきれいな円錐《えんすい》形に固められている。……舐《な》めて塩かどうかをたしかめる勇気はない。

エントランスから入ってエレベータを呼んだ。箱の中は、扉の両脇と、扉以外の三辺の中途半端な位置に置かれていた。ここに来るまえに軽く調べたが、盛り塩は東西南北や鬼門の方向に置くという説もあるらしい。それだろうか。

そして四階、玉野さんの部屋の扉の両脇に、まったく同じものがあった。これは確実に彼の仕業だ。

インターフォンを鳴らすも、玉野さんはいない。

貸主の富岡さんには、電話で撤去の許可をもらっている。念のため、富岡さんが置いたものじゃないかを確認したのだ。富岡さん、なんだそれは、と呆れていたが、詳しい説明をするまえに、仕事で忙しいのでまたにしてくれと切られてしまった。あとはそっちで片づけてうまく対応してくれと。

僕は持参した紙袋に、盛り塩を次々と入れていった。玉野さんにはメモを残した。店で預かっているので取りにきてください、と。

エントランスに置かれた小皿を片づけるとき、うっかりと塩をこぼしてしまった。営業車に積んであるホウキとチリトリを持ってきて掃除をしていると、六、七十代くらいの女性がやってきた。中へと入っていく。

すれ違いぎわに「ごくろうさまです」と一礼された。見覚えのない女性なので、誰かの身内だろう。料理でも作ってやるのか、重みのあるものが入ったエコバッグを下げていた。

果たして、夜、玉野さんが店にやってきた。

「どうして盛り塩を持ってったりしたんですか。あれのおかげで昨夜はなにもなかったのに。ちゃんと封じこめてたんですよ」

「玉野さん、エントランスもエレベータも、共有のスペースなんです。住人とはいえ、無断でものを置くのは困ります。貸主である富岡さんに確認したところ、やめてほしいということでした。気味が悪いという声も上がりかねません」

僕の返答に、玉野さんは不満の表情を隠さない。

「盛り塩は日本古来の風習ですよ。縁起を担いだり、厄除《やくよ》けや魔除けといった意味がある。飲食店の入り口にだって置いてあるじゃないですか。気味が悪いなんて、どうかしてます」

「人の感じ方はそれぞれですよ。魔除けが山ほど置かれているのは、そこになにかがあるからだと思う人もいます」

「実際、あるじゃないですか」

「それは玉野さんが思ってるだけではないでしょうか。以前も申しましたが、どなたからもそういったお声をいただいたことはありません」

「オレは警鐘を鳴らしているんです。ほかの人のためでもあるのに。みなさん、まだ気づいてないだけですよ」

どうしてこんなに平行線なんだ。

「脅すわけではありませんが、富岡さんは、盛り塩に呆れていらっしゃいましたよ。今は、呆れている、で済んでいますが、これ以上のことを起こされると富岡さんからの信用を失いかねません。あのマンションにはなにかあるなどと変な評判が立つのも困ります。どうかお願いいたします」

祈る思いで、僕は頭を下げた。

「わかりましたよ。でも自分の部屋のものは死守します。入ってしまえばオレのテリトリーですよね。原状回復とかいうんでしたっけ、引越すときにもとに戻すんですよね。玄関の三和土《たたき》に塩があったとしても、錆《さ》びさせなきゃいいんですよね？」

言質を取るぞとばかりの勢いで訊ねてくる。

「まあ……、床はコンクリートにコーティングだし、扉はアルミ製ですがそのぐらいでは錆びはしないかと」

海風が当たるわけじゃないから、たぶん。

「貼ったものも、あとで綺麗《きれい》にはがせればいいんですよね？」

さらに問われて、うなずく。玉野さんの部屋がお札や魔除けだらけになろうとも、玉野さんがそれで納得するなら自由だ。ほかの借主に悪影響を及ぼさなければいい。

そのとき僕は、そう考えていた。見込みが甘かったとは思うけど、ほかにどうすればいいかわからなかったんだ。

6

一、二週間ほどはなにもなく過ぎた。玉野さんからも、金縛りに遭っているという連絡はない。自分の中で折り合いをつけたのだと思っていた。

梅雨も後半戦となり、連日雨が降っている。

「あの、隣の人のようすがおかしいんですけど」

キャッスル富岡四〇四号室の借主、桜井由布子《さくらいゆうこ》さんから電話があったのは、そんな雨の夜だった。

「隣って、四〇三号室のほうですか？」

「そうです。背の高い男性。ずっと音楽が流れているんですよ。爆音ってわけじゃないんだけど、ここ割と壁が厚いみたいだから、今までになかったことなので気になって。夜中にもなればあたりが静かになるじゃないですか。だから聞こえてきたんです。朝はこちらもテレビを見ているから気づかなかったんだけど、出勤しようと外に出たら、やっぱりちょっと聞こえてきて。今日、会社から帰ってきたらまだ聞こえるし。注意したいんだけど、直接だとトラブルになるからやめたほうがいいって言うでしょ。相手は男性だし。それで電話しました」

桜井さんが一気に説明する。

「今も聞こえていますか？」

「はい。雨の音で紛れてはいるけど。帰宅はされていると思います。バルコニーの向こう、電気がついてるみたいだから」

「わかりました。こちらから連絡をしてみます。ご迷惑をおかけします」

そう言って電話を切ろうとすると、「あの」とためらうような声がした。

「帰宅されてる、って言ったんですけど、その、朝も電気がついてたように思うし、まさかと思うけど、まさかってことはないですよね。わたし、声、かけなくてもいいですよね」

桜井さんは三十代の女性だ。万が一のことがあっては困る。自分が対応しますので必要ないですよ、と答えた。

早速、玉野さんに電話をかけてみたが、出ない。

まさかがまさかで、あの部屋が事故物件になるなんて皮肉な結果になっては困る。僕は急いでキャッスル富岡に向かった。

「玉野さん、玉野さんいらっしゃいますか？」

扉のまえでインターフォンを鳴らしながら声をかけると、隣の四〇四号室の扉が薄く開いた。桜井さんがこちらをそっと覗いている。僕が会釈をすると、桜井さんも小さく頭を下げてきた。そのままそこで立っている。

音楽はたしかに流れていた。曲名は知らないが、クラシックのなにかだ。

玉野さん、と再び声をかけると、扉の内側から物音がした。音楽も止まる。

「なんでしょう」

とだけ答えた玉野さん。声が近いから扉の向こうにいるのだろう。ドアスコープから見ているかもしれないので、めいっぱいの笑顔を作る。

「すこしまえにお電話をかけたのですが、出られなかったので直接、と思いまして」

「あ、気づかなかった。たぶんうとうとしてました」

「お話をしたいので、中に入れていただいてもいいですか？」

桜井さんに聞かれたくないので、そう依頼する。

室内に入ると、案の定、お札は増えていた。壁どころか天井にまで貼られている。三段ボックスの上には、小さな座布団を敷かれた珠《たま》も見える。以前はなかったものだ。玉野さん、霊の存在を吹聴《ふいちょう》する団体かなにかのいいカモになっているんじゃないだろうか。

「最近も金縛りに遭っているんですか？」

僕が訊ねると、玉野さんが力なく笑った。

「たまに……。やっぱりおかしいですよ、ここ。怖いから、なるべく残業して寝に帰るだけにしてるんですが」

顔色が澱《よど》んでいた。痩《や》せたようにも感じる。残業が寝不足に拍車をかけているんじゃないだろうか。

「金縛りはお疲れが溜まっているせいではないですか？　ご友人にはこの部屋もマンション全体も、怪しいものは見えないと言われたんですよね」

「だから誰かに憑いてるんですよ」

「ほかの部屋のどなたからも、怪しいなにかを感じたという訴えはありませんよ。よくわかりませんが、そういうのはまず、憑かれている人に障害が現れるものなんじゃないですか」

そう言うと、玉野さんがため息をつく。

「鈍感なんですよ、その人。……羨ましい」

「玉野さんもそうなりましょうよ。霊なんていません。だって、百年経てば今生きているほとんどの人が死ぬんですよ。それを過去、ずっとずっと繰り返してきたんですよ。今までに亡くなった方っていったい何人いるんでしょう。億の単位ですかね、兆を超えてるかも。飽和状態ですよ」

「思いの強さみたいなものによって違うんじゃないですか。非業《ひごう》の死を遂げた崇徳《すとく》天皇だとか首塚を今も祀《まつ》っている平将門《たいらのまさかど》だとか」

引きあいに出す例が強すぎる。

「じゃあ、私の話をしますね。私の両親は他界しています。私が小学生のとき、交通事故でふたりいっぺんにこの世から旅立ってしまったんです」

「……それは。えっと、ご愁傷様です」

「両親、たぶん、この世への未練があったと思うんですよね。霊というものになれるならなりますよね。この世に出ようとしますよね。幼い子供を残してるんだから。でも出てきてませんよ」

「設楽さんが気づかないだけで、そばにいるのだと思いますよ」

「そうなのかな」

玉野さんが、そうですよと請けあう。

よし、と僕は思う。

「だとしたら、今ここにいますよね？」

「ええっ？」

「なにか感じますか？　玉野さんは私といて、不安になったり怖い思いをしたことがありますか？」

玉野さんがゆっくりと首を横に振る。

「オレは見えるタイプじゃないから……」

「だったら、それなりに鈍感じゃないですか。いると思うから、僅かなことが気になるんじゃないでしょうか。いない、だから平気だ。そう思いましょうよ」

玉野さんがうなずきかけ、だけど再び首を横に振った。

「物音はどう説明するんですか」

「以前おっしゃってた、ごおおという音ですか?」

「考えてみればいろいろ。なにかを引きずる音だったり、水音だったり。憑かれているのは五階の誰かじゃないでしょうか」

「その物音は単なる生活音ですよ。一、二週間ほどまえにたしかめたとおっしゃったときは、五階と両隣りの人は不在だったから憑かれていないというお話でしたよ」

「そう思ったんだけど、勘違いかもしれない」

「玉野さん、失礼ですが、いるという方向いるという方向へと、考えているんじゃないですか? 最初まで戻りましょう。この部屋もマンション全体も、誰も亡くなっていないんです。だから変なことなんて起きない、だいじょうぶ」

玉野さんは答えてくれない。

「それでですね、玉野さん。昨夜からずっと音楽を流してたそうですね。なんだろうって、もしかしたら具合を悪くして倒れているんじゃないかって、ご心配の声があったんですよ」

「すみません。物音が気になるので、これ以上、気にならないようにって思って」

ああ、そういうことか。

「もしかして電気もつけっぱなしにしてますか？」

「はいそうです」

「なるほど。電気はともかく、ずっと音楽というのは騒音トラブルにもなりかねませんので気をつけてくださいね」

「だったらどう生活すればいいんですか」

玉野さんが睨《にら》んでくる。

そうですねえ、と言いながらどう返事をしようかと考える。玉野さんが先に口を開いた。

「設楽さん、責任取ってください」

「責任？」

「この部屋を紹介した責任です。事故物件じゃなかったかもしれないけど、オレにとっては大いなる事故です。耐えられません」

「……そうおっしゃられましても」

「引越し先を探してください。今度こそ、なにもないところを。今までの家賃もそちらで負担してください」

いやいやいや、それは無茶というものだ。

「お願いします」

「そういうわけには」

「お願いします。このままではオレ、どうかなりそうです」

土下座までしそうな勢いで深く頭を下げてくる。

持ち帰って検討します、と言ってとりあえず逃げてきた。

逃げるな、と瑶子さんの怒鳴り声が頭の中で響いている。

7

事態が動いたのは翌日の夜のことだった。

消防から、キャッスル富岡で火災が起こったと連絡があった。出火元は四〇三号室、玉野さんの部屋だという。

「だいじょうぶですか？　怪我《けが》人は？」

急いでかけつけたが放水は終わっていて、消防車は片づけをはじめていた。被害はあまり大きくなかったのだろうか。野次馬らしき人々が雨のなか、足を止めたり、指をさしたりしている。

夜なのでわかりづらかったが、周囲の建物の灯《あか》りを受け、四〇三号室のバルコニー側の窓が割れているのが見えた。煙が上に向かったのだろう、煤《すす》けたような黒ずみが五〇三号室のバルコニー壁へと伸びている。

「管理会社の方ですか？ 住人の方の確認をお願いしたいのですが」

消防署職員の人に声をかけられた。エントランスロビーに、何人もの人が不安そうな顔でたむろしている。玉野さんはいない。

「実は四〇三号室にお住まいの方……玉野逸帆さんとおっしゃるのですが、その方との連絡がつかないままで。あの、まさかとは思うのですが……」

一報を受けて電話をかけたが、玉野さんの携帯電話は電源が切られたままだった。不安を感じながら訊ねる。

「部屋には誰もいませんでした。また今のところ、どなたからも体調不良や怪我の訴えはありません」

玉野さん以外の人の確認を済ませた。消防の人によると、焼けたのは四〇三号室だけのようだ。このあとは放水による下の階の水漏れ確認と、火災原因の調査に入るという。

「部屋にあった小さなテーブルに線香を立てる台があったのですが、アロマかなにか、そういったもののお好きな方ですかね」

声を潜めながら、消防の人が言う。

「えぇ。火元として考えられるひとつがそこです。紙か衣類に燃え移り、布団とカーテンに。台所側は火の気がなかったようです。ちなみに通報は隣室の方からいただきました」

「線香？」

「……ってことは、火をつけたまま外出を？」

頭を抱えてうずくまりたくなった。なんてことしてくれるんだ、玉野さん。

「正確なところはこのあとしっかりと調査します。電化製品からの火災というケースもありますので」

消防の人は、機敏なようすでエレベータ脇の内階段を駆けあがっていった。

「設楽さん。私だよ、私。もうびっくりだよ」

すぐさま貸主の富岡さんから声をかけられ、振り向いた。彼にも僕から電話をしていたのだ。富岡さんは肩幅があり胸板が厚く、重役然としたスーツが似合っている。が、そのスーツの下はなぜかスニーカー。二十代ぐらいなら見なくもない恰好《かっこう》だが、彼はたしか五、六十代。硬い表情をしていた富岡さんが、僕の視線に気づいてか苦笑する。

「連絡をもらったとき、会社から帰ったばかりでね。一刻でも早いほうがいいと思ってそのまま来たんだけど、火事の現場に革靴は違うだろうとこれだけ履き替えたんだ。人は慌てると頓珍漢《とんちんかん》なことをやらかすね。被害は四〇三号室だけらしいし、普段の靴でよかったみたいだ」

「それでも消火剤などあるでしょうし、汚れてしまうかもしれません。賢明なご判断だと思いますよ」

「そうかね、ありがとう。で、部屋の当人はどこにいるの」

富岡さんがエントランスロビーに集まる人々に目を向ける。

「実は連絡がつかなくて。部屋にはいなかったようです」

僕はもう一度玉野さんにかけてみたが、電源は切られたままだった。

「隣や周りの部屋はだいじょうぶなんだっけ。多くのみなさん、出てきてるみたいだけど」

僕もエントランスロビーにいる人たちを見る。桜井さんと目が合った。通報してくれた隣室の人とは彼女だろうか。お礼を、と思っていたら、怖い顔をして近寄ってくる。

「今、隣はだいじょうぶって聞こえたんだけど、そりゃ燃えはしませんでしたよ。けどバルコニーは水びたしだし、くさくて煙《けむ》くてとても部屋にいられないんですよ。火事ってこんなにくさいの？」

「建材などにいろんな素材が使われていますからね。私もこんな経験、めったにないんですが」

正直はじめてのケースだ。頭のなかが関係する事例や法律で渦を巻いて混乱している。

顔に出さないようにしなくては。

「どうすればいいんですか？　今夜」

と桜井さんが唇を尖《とが》らせる。

「ご友人のところに泊めていただくことはできませんでしょうか」

「こんな急に？　ホテルかどこかのほうがいいと思う。費用は出していただけるんですか？」

桜井さんが、僕の顔を正面から見つめた。

「『失火の責任に関する法律』というものがありまして、ですね。一般に民法では、過失であっても他人に迷惑をかけた場合は損害を賠償しなくてはいけない、となってるんですが、火事に関してはこれが適用されないので、もし隣の家の火事で被害を受けても、賠償はされないんです。被害はご自身の火災保険でまかなう形になります」

「じゃあわたしにはなにも？」

「……火事を出した人に、故意や重大な過失があったときは、失火責任法から除外される可能性があります。とはいえ念のために申しますか、一応、なにもないと思って行動なさったほうがよいかもしれません」

えー、とぼやきながら、不満そうな桜井さんが去ろうとする。富岡さんが声をかけた。

「一、二泊ぐらいなら、私が出しましょう。もっともスイートルームに泊まられては困るので、ビジネスホテル程度でお願いします。あとで領収書をください」

「え、あなた誰ですか」

「このマンションを所有している富岡です」

　挨拶とともに名刺を出している。桜井さんはほっとしたようすでそれをもらっていた。富岡さん、必要か不必要かの区別をはっきりつけるタイプだけど、意外と磊落《らいらく》なところがある。

　桜井さんがエレベータで上っていったあと、富岡さんが僕のそばへとやってきた。声を落とす。

「さっきの過失の話だけど、実は、設楽さんが消防の人と話してるのをうしろで聞いてたんだ。火元が線香かもしれないってことは……」

「はい。火をつけたまま外出したなら、重大な過失に当たるかもしれないです」

　油の入った鍋を火にかけたまま調理場を離れた人の重過失が認定されたケースがあるのだ。

「ですが、まだ線香が火元だと確定されたわけではありません。桜井さんに下手な期待を持たせないほうがよいと思ったんです。もちろん、貸主に対しては原状回復の義務があるので、原因はどうあれ、玉野さんの責任においてもとの状態に戻してもらうことになります」

「そんな金、ある人だっけ」

「保険が。ここに入居されたみなさん、賃貸契約を結んだ際に借家人賠償責任補償のついた火災保険に入っていただいてますから、その保険で支払うことになります。その点はご安心ください」

「そうだね、そうだった」

富岡さんが、小さく息をつく。表情もやっと和らいできた。

「部屋のようす、外の廊下からでも覗いてみましょうか。原状回復するにしても、まずは把握しないと」

「そうだね。確認してみたい」

富岡さんとふたりで歩きかけたところで声をかけられる。

「あの、床から火が出るってことないですよね？　部屋に戻るのが怖いんですが」

五〇三号室の吾妻さんだった。そばにパジャマ姿の女性がいる。六、七十代ぐらいで、ああ、そうだ。盛り塩を片づけていたときに、一礼をしてきた人だ。あの日はエコバッグを手にしていた。

「間にコンクリートがあるので床から火というのはまずないと思いますが、不安でしたらどこかに泊まられてはいかがでしょう」

僕の返答に、女性ふたりは顔を見合わせながらなにやら相談している。次の声がかからなかったので、僕らはエレベータに乗りこんだ。

「親子かな。似てましたね」

　富岡さんが言う。

「そうですね。あの年かさのほうの女性、以前もお見かけして……」

　僕の頭のなかで、なにかがぐるぐると回っていた。なんだろう、なにかがひらめきそうなんだけど、それがうまくつかめない。

　エレベータが止まった。外廊下に出ると、煙のくささが強く鼻をついた。四〇三号室の扉は特殊な工具で開けられたのだろう、蝶番《ちょうつがい》ごと外れて立てかけられている。室内にはまだ消防の人たちがいるようだ。

「ねえ設楽さん、玉野さんっていったいどういう人なの？　盛り塩を置いた人だよね。線香をつけっぱなしだなんて、びっくりするよ。特殊な宗教にでもはまってるの？　入居者の審査に宗教を持ちこんじゃいけないのだろうけど、こういうのがあると考えちゃうよ」

　富岡さんがこぼした。僕としても申し訳ない気持ちでいっぱいだ。

「玉野さん、事故物件でない部屋ということをとても気にされていました。霊とかそういった類《たぐい》の存在が、とても怖いようです」

「霊？　盛り塩のときにその話はちょっと聞いたけど、本気なの？　うちで人がお亡くなりになったこと、一度もないじゃない」

「玉野さんにとっては、本気です。金縛りに遭ったのがきっかけだったようで、上の階に誰もいない時間のはずなのに、物音がするとか笑い声が聞こえてくるとかが続いて、気持ちがまいっちゃったみたいで」

「物音ねえ」

呆れたように富岡さんは肩をすくめる。

「防音には気を遣っておいたけれど、人が暮らしてたら多少の物音ぐらいはするよ。うるさいという文句ならまだわかるよ。だけどいきなり、霊だって？ 馬鹿馬鹿しい」

「でも上には誰も」

そのときふいに頭に浮かんだのは、誰あろう、千晴さんの顔だった。突然やってきて、智弘さんへの愚痴をこぼし、一日だけ泊まっていった叔母。

うちが千晴さんの実家だから、千晴さんは泊まりに来た。でも、逆のケースだってあるかもしれない。

「富岡さん、もしかして……」

「え？」

「わかったかもしれません、霊の正体」

「おいおい、設楽さん。きみまでなにを言いだすの」

「すみません、ちょっと待っててください。今捕まえないと。ああいや、捕まえるは失礼だけど、話をするならこのタイミングなんです」

戸惑っている富岡さんを拝み、僕はエレベータの前へと戻る。箱は動いていた。いったん一階に下りてしばらく止まり、また上昇している。僕が下りのボタンを押した四階では止まらず、五階で停止した。コンクリ敷きの外廊下からふたりぶんの足音がしている。ということは。

「五階です。五階に行ってます」

背後までやってきていた富岡さんに言い置き、エレベータ脇の内階段を駆けあがる。

五階の外廊下では、おっかなびっくりなようすで吾妻さんがそろそろと歩いていた。そばにパジャマ姿の女性を伴いながら。

「吾妻さん、ちょっとお話があるんですが」

僕が声をかけると、ふたりが同時に振り返った。

「なんでしょう。どこか泊まるところでもお世話いただけるんですか？」

「状況によっては、そういう対応もできますので、ちょっとお部屋、見せていただけませんか？」

吾妻さんがわずかにためらいを見せる。パジャマ姿の女性が、吾妻さんの腕に手を添えて言った。

「見てもらったほうが安心じゃない？」

ごめんなさい、と僕は心のなかで謝った。そう返事をしてもらえる可能性を考えての提案だったのだ。このシチュエーションを利用した。階下の部屋で起きた火事のせいで不安がっているはずだ、と。

パジャマ姿の女性が先に立ち、五〇三号室の扉を開ける。どうぞ見て、とばかりに手招きをしてきた。

僕は中に入った。間取りは玉野さんの部屋とまったく同じだ。玄関の三和土《たたき》にサイズの違う靴が並んでいた。ダイニングキッチンには小ぶりな食卓が置かれ、ふきんを敷いてふたり分の茶碗《ちゃわん》と汁椀《しるわん》が伏せられている。奥の部屋とを隔てるガラス戸は開けられたまま。部屋にはカーペットが敷いてあり、ベッドと、それとは別に畳まれて床に直置きされた布団。

間違いない、ここにはふたり住んでいる。

「水がうちの窓にもかかってきてたけど、漏れてないかしら」

パジャマ姿の女性が不安そうに言う。

「確認しますね」

僕は奥まで進む。掃き出し窓のサッシからは漏れなどないようだ。けれどそのかわり、カーペットにシミを見つけた。水で拭いたのか、輪じみになっている。

「これ、なにかこぼしたんですね」

「それは今じゃないのよ」

と、パジャマ姿の女性。

「水で拭いたあと、ドライヤーで乾かしました？」

「ええ。干すのは難しいし」

「それって、三週間ぐらいまえのことじゃないですか？　たしか、雨の日」

天井から聞こえた、ごおお、という音。あの正体はそれだ。

「そのぐらいにはなるかしらねえ。天気までは覚えてないけど」

「おかあさん！」

背後にいた吾妻さんが強い口調になった。振り返ると玄関に、いつ来たのかわからないけれど富岡さんも立っていた。

「吾妻さん、ここには吾妻さんおひとりで住むという契約になっていますよね。おかあさまはいつからお住まいですか？」

僕の質問に、吾妻さんが不満そうな目をする。

「遊びに来ただけです。住んではいません」

「寝具が二組。食器も二組。お住まいではないのですか」

「親なんだから、泊まる用意ぐらいあります」

「でも三週間ぐらいまえにもいらしてたようですね。私も一、二週間くらいまえにおかあさまとエントランスでお会いしたことがあります。そうそう、吾妻さんがいらっしゃらないはずの時間に笑い声を聞いたという話もあるんですよ。全部、バラバラの時期ですよね」

「……それだけ仲がいいんです」

「吾妻さん、賃貸住宅というのは貸主と借主が契約して住む場所なんです。そのために入居審査というのを行っています。審査を受けていない人が勝手に住んではいけないし、又貸ししてもいけない。入居の際の契約書にもありましたよね。また、同居人が増減するようなら入居者名簿を改めるのでご申請をいただきたい、ということもお伝えしていたかと存じます」

「でも親です」

「親であっても子であってもですよ。どうして申請してくださらなかったのでしょう。できない理由でも？」

「そんなの、ないです。ちょっとの間だと思ってたから」

吾妻さんが黙ってしまう。

「なんか悪いこと、したねえ。もう私は出ていくから」

パジャマの女性が、つくりつけのクローゼットから服を出している。

「いえいえ、もう夜も遅いので。それにちょうど貸主さんもいらっしゃることですし、ここにいらっしゃる理由を聞かせてください」

場合によっては考えないでもない、とは言えなかった。富岡さんがどう判断するかわからなかったからだ。契約違反で出ていってもらうケースでもある。

吾妻さんが唇を噛《か》んだ。ため息をつきながら話しだす。

「単純な理由ですよ。母は実家で兄夫婦と住んでいるんですが、義姉《あね》とソリが合わなくて出てきたんです。戻るタイミングがなくて、そのまま」

「娘のほうが、私も楽なものでね」

パジャマの女性がきまずそうにつけ加える。

やっぱりそういうことだったのか。千晴さんとは逆のケースだ。ほかの家族ともめて実家にやってくる、というのはよく聞くけれど、離れて暮らす別の家族のもとに来ることだってあるだろう。

「吾妻さんがひとりで住んでいると思われていたために、トラブルがあったことはお知らせしておきます。賃貸で、しかも集合住宅ですから、契約のルールは守っていただきたいのです」

「トラブル？」

「霊がいると思っていた方がいるんです。無人のはずなのに物音がすると」

僕の説明に、吾妻さんが不審そうな顔になる。

「……それは、申し訳ない、……です」

反応に困るよな、とは思う。だけど引き起こされた結果は、かなりのものだ。玉野さんが過敏すぎるのが一番の問題だけど。

「それで、この先、きみたちはどうするつもりだね」

それまで黙っていた富岡さんが、重い口調で言った。

「決めかねていて……」

「ちゃんと決めてくれないか。追いだしはしないから。設楽さん、それでいい？」

「富岡さんがそうおっしゃるならかまいませんが、本当にいいんですか。霊がいると思っていたから、の結果ですよ」

僕は富岡さんに、目で合図を送った。火事の原因はまだ確定していないし、吾妻さんに伝える話でもない。

「いい。私は非科学的な話は好きじゃない」

吾妻さんが、ありがとうございます、と深く礼をする。

僕のなかで富岡さんの株が上がっていた。必要か不必要かの区別をはっきりつけるタイプ、どちらかというと吝嗇《りんしょく》な人だと思っていたけれど、失礼だった。ホテル代は負担してくれるし、話をして納得すれば融通も利かせてくれる。なかなかできることじゃない。

「だらだらした話も嫌いなので、決めるのは早めにお願いしたい。よろしいですね」

それでは、と富岡さんが玄関から出ていく。僕もあとを追った。

玉野さんが戻ってきたのは、しばらくしてからだった。

煤《すす》だらけの部屋を外廊下から見て、茫然《ぼうぜん》と立ち尽くしている。

「な……、なんで。なにがあったんですか。まさか新たな霊障が……」

「なにがあったか聞きたいのはこちらだっ！」

富岡さんの大声が響いた。

8

「ところでその霊感くんは、どうして連絡がつかなかったわけ？」

千晴さんの呆れ声が、受話口から聞こえた。千晴さんのおかげで霊の正体がわかったので、一応、お礼がわりに顛末《てんまつ》を伝えたのだ。

「スマホを水没させちゃって、慌ててショップに駆け込んだんだって。霊の見える友人との連絡が一瞬でも取れなくなることが怖くて不安でたまらなくなったそうだよ。その焦りはともかく、除霊のための線香に火をつけたままっていうのが、もうねえ。ああ、ちなみに消防の人によると、電化製品関係のトラブルはなかったし、燃えたもののようすから、線香が火元とみて間違いないみたい」

「仏壇の線香やろうそくで火事になったって話、昔は聞いたことがあるけど、そんな若い子がやらかすなんてびっくり」

でも消防の人によると、アロマキャンドルからの火災はあるそうだ。火は怖い。霊よりずっと怖い。

「それが玉野さん、線香を立てていたまわりには空間があったし、窓も閉めていったから、そこから火がつくとは思えないって。やっぱり霊かなにか、怪しいものがいるんじゃないかって、調書作ってる消防の人にも言い張って、話にならなくて大変だった」

「上の階の住人が霊の原因だったって話はしなかったの？」

「下手に恨まれると困るのでしないことにした。多少は迷ったんだけど、富岡さんもそのほうがいいだろうって言うし、玉野さんは退去することになったし」

「やっぱ、退去か」

苦笑の声が聞こえる。

「富岡さん、かなり怒ってたよ。もっとも玉野さんご自身も、あの部屋に住んだせいでひどい目に遭ったって思ってるようで、出ていくことに異存はないみたい。うちに引越し費用を負担してくれって、ごねてたけど」

玉野さんは、最後まで自分を被害者ポジションに置いていた。次の部屋は、別の不動産会社で見つけるそうだ。設楽不動産としては面倒を持ち込まれなくなるのでありがたいけれど、心配は心配だ。

僕がもっと早くに吾妻さんのことに気づいていれば、玉野さんは行動を間違えずに済んだはずだから。

「私、思うんだけどさ。その子、部屋中にお札を貼ってあったんでしょ。その札がなにかの拍子にはがれて、ひらりんって線香のほうにやってきたとかじゃない？」

千晴さんが推測する。

「そんなに都合よくお札がひらりんだなんて……」

あ。

「天井だ」

「は？」

「天井にもお札、貼ってあった。あれがもしはがれれば、下へと落ちてくる。それだ！」

嘘《うそ》ぉ、と受話器から大きな笑い声がした。思わず耳から離す。

「それってどんな因果応報？　かわいそうすぎる。ほらあれ、あれ、なんだっけかな。言うじゃないの、過ぎたるは及ばざるがごとし、だっけ？」

千晴さんはひとしきり笑ったあと、こう言った。

「まあ、もうちょっと早く、その子に毅然《きぜん》とした対応を取れていたら、火事までは起きなかった気がするけどね。とりあえずお疲れさん」

おっしゃるとおりです。

僕は目の前にいない千晴さんに向けて、頭を下げた。見直してもらいたいと思っていたけれど、道はまだ遠い。


さて、問題のもう一方、吾妻さん。お兄さん夫婦を交えた話し合いの結果、おかあさんを預かることにしたらしい。

というわけで入居者名簿を改めることになった。富岡さんも納得済みだ。

「これで五〇三号室は、次の契約更新で家賃の値上げができそうだね」

連絡を入れたところ、富岡さんからそう言われた。

「……値上げ、ですか？」

「そう。ひと部屋で済んだとはいえ、火事は火事だ。四〇三号室の原状回復はできるにしても、左右と上の階では、においが気になるとのことだったからね。火事が起きたマンションという悪いイメージもつき、建物全体の評価は下がる。安全上は問題がないとはいっても、退去を申し出る方がいないともかぎらない。だからホテルにも泊まってもらったんだよ、恩を売るために」

僕は思いだした。たしかにあのとき桜井さんはほっとしていたし、後日ようすを見にいったときも文句を言われなかった。

「取れるところからは取らないとね。多少の値上げなら、ふたりで住んでいるならそういうものだと、五〇三号室の彼女たちも納得するはずだ」

富岡さんが自信たっぷりに言う。

恐ろしい、と僕は息を呑《の》んだ。

富岡さん、ただ磊落でやったわけではなかったのだ。不動産業、奥が深すぎる。

CASE 4

相続税そんなの払えねえんだよ

1

設楽不動産の前で、またもや美玖が立ちつくしていた。僕は表に出て声をかける。

「夜とはいえ暑いんじゃない？　どうぞ入ってよ」

今日も太陽ががんがんに照っていた。地名は忘れたけれど、内陸部の市で最高気温が四〇度に達したなんてニュースをやっていたくらいだ。

「買わないのに悪いから。……あ、買わないいじゃなくて、借りない、だね」

美玖は首を横に振る。

「部屋を借りる人だけじゃなく、買う人も売る人もいるけどね」

「すごいお金が動くんだろうね。設楽くんも元太くんも偉いなあ。尊敬するよ。ねえ、設楽くんって、仕事、楽しい？」

美玖がまっすぐに見つめてくる。もう気持ちにケリをつけたとはいえ、そんなふうに見られると胸が苦しい。

「割と面白い。変なお客さんも来るけどね」

「変なお客さんかあ。どんな変な人かは、守秘義務かなにかで言えないいんだよね？」

頬をわずかに動かして笑う美玖に、うん、と僕はうなずく。

「そういう人、よそに行ってくれ、って思わない？　面倒をかけないでくれとか、感じない？」

「面倒をかけないでほしいとは思うけど、よそに行ってとまでは思わないな、お客さんだから。どっちかっていうと放っておけない。間違った道を進んで取り返しがつかなくなることって、あるから」

「間違った道？」

「……うーん、話すと長くなるんだけど、いろいろあって」

どこから話せばいいんだろう。誘拐されたことがあるって、美玖には言っていただろうか。父と母がいっぺんに交通事故に遭ったことはどうだっけ。どちらも元太は知っている話だけど、聞いているだろうか。

「じゃあ今度、ゆっくり聞くね。設楽くんは今の仕事が好きなんだね。そういうの、いいね」

美玖がひとりで納得している。美玖が勤める会社は小さく、二年目でもさまざまな仕事がやってきて忙しいものの、給与はあまりよくないらしい。美玖のほうこそ、聞いてほしいことがあるんじゃないだろうか。

「そっちはどうなの？　職場でなにか嫌なことでもあった？」

「職場？」

「だって、仕事は楽しいかなんて訊《き》くから」

「そうだね。……まあ、わたしもいろいろ」

美玖が、否定にも肯定にもなっていない返事をする。元太、美玖の愚痴を聞いてやっているのだろうか。

「……僕でよければ、いつでも話を聞くよ。言って」

そこでやっと、美玖の笑顔が華やいだ。

「ありがとう。いずれね。そのときはよろしく」

じゃあ、と美玖は手を振って商店街を奥へと遠ざかっていった。その姿を見送ってから、僕は店内へと戻る。

「真輝くん、ふられたの？」

三木さんが容赦のないことを言う。

「違います。以前も言ったと思うけど、彼女は恋人がいるんだってば。ねえ、瑶子さんもそんな顔してないで。赤坂元太って覚えてない？　銀行に勤めてるやつ。小学校の同級生」

ニヤニヤしている瑶子さん。どうだったかねえ、なんて言っている。今日の服はいかにも夏という感じの鮮やかな黄色。外にいた美玖からも、かいま見えていたんじゃないだろうか。

「よく遊びに来てた子じゃなかったことはたしかだね」

「そうだね、クラスが同じになったのは五、六年生のときだけ。そのころ元太は中学受験で忙しくなってたから、一緒に遊んではいなかったかな」

小学校六年生のとき、両親を一度に亡くして祖父母に引き取られる、なんて悲劇的なシチュエーションに置かれた僕は、良くも悪くも注目された。やたら気を遣われるし、なんてこともない行動さえ、その人が感じとりたい物語に消費されてしまっていた。

そんななか元太だけは横柄で、雑に接してくれた。元太自身が受験のせいでいっぱいいっぱいだっただけかもしれないけど、いままでどおりというのが僕にとっては楽だった。大学で再会した元太も相変わらず横柄でジャイアンなやつだったけど、そういう性格だと思ってつきあえばいい。神経の細やかな人ばかりが、つきあっていて心地よいわけでもないのだ。人には組み合わせというものがあるんだろう。

「――で、元太もさっきの美玖ちゃんも同じ大学。そのふたりがつきあっているの。わかった？」

「はいはい」

瑶子さんは気のないようすで相槌《あいづち》を打つ。三木さんも楽しそうに笑っている。いくら今日は暇だからって、ふたりして僕をからかいのネタにしないでほしい。

そっぽを向くつもりで店の入り口のほうを見たら、そこに人影があった。女性だ。物件案内の紙と紙の隙間からこちらを窺《うかが》っている。僕が会釈をすると、相手も会釈を返し、ためらいながらも店へと入ってくる。

「こんばんは。あの……」

美魔女というのはこういう人を指して言うのだろうか。目元の皺《しわ》のようすから、たぶん五十代ぐらい。けれど顔のパーツの配置バランスがいいのか、薄化粧にもかかわらず整って見える。遠目ならずっと若く感じるだろう。和か洋かでいうと和の顔立ち。着物が似合いそうだけど、細いから暗いところだと幽霊と間違えられそうな気がしなくもない。今は丈の長いゆったりしたワンピースを着ている。

気のせいか、どこかで会ったような気がする。でも最近じゃない。もしかして、元俳優さんといったあたりだろうか。

「いらっしゃいませ。お部屋をお探しですか?」

「いえ、こちらは売買も扱っていらっしゃいますか」

「扱っております。どうぞお座りください」

と答えながら僕は、女性の用件を推測していた。

中年の女性がひとりでの来店。平日の夜だから下見のつもりで、よさそうなものがあれば後日パートナーと一緒にやってくる予定とか。または独り身で、今まで貯《た》めたお金での購入、逆に売却。もしかしたら離婚を考えていて財産分けのために家を査定なんてともある。さらには死別によって環境が変化し、売買どちらかの必要があっての来店。……さてどれだろう。

「マンションを売りたいのです。できるだけ早く」

決めたからには早く要望を伝えよう、とばかりに女性はひといきで言った。

僕は笑顔を見せる。

「売却ですね。早く、というご希望ですと、どうしても値段が下がってしまいます。とはいえ周辺の相場より安すぎてもマイナスのイメージがつくので、複数の物件で迷っている購入者さんへのひと押しとして値引きするといったテクニックを使うのがいいかもしれません。じっくり構えてタイミングを見たほうがよい場合もありますので、差し支えなければご事情をお伺いできますか？」

「相続税です」

女性が真剣な目で僕の目を覗《のぞ》きこむ。

相続税の支払いに充てるために売却してお金に換える、ということか。

「お客さまが相続なさった物件ですね。相続税には控除や、相続なさった物件や条件によっては特例措置などもありますが、すでにお調べになっていますでしょうか。税理士さんにご相談はされていますか？」

「そういったあたりは向こうが全部処理してるということで、こちらは息子がもらったマンションの相続税だけ考えればいいのですが、期限がもう迫っていて」

「現在の所有者はご子息なんですね」

向こうってなんだろう、と思いながらも確認する。

「はい、本人が来たがらなくて……すみません」

2

女性は、城戸日登美《しろとひとみ》と名乗った。

相続の開始、つまり被相続人の死亡から九ヵ月が経《た》っているという。本当に迫ってるじゃないか。相続税の申告、納税の期限は相続の開始から十ヵ月なのだ。ただ一応。

「相続税は延納を申請することもできますよ」

「存じています。だけど支払わなくてはいけないことには変わりがないし、延ばしたところであてもなく、……お金を作るには売却するのが一番よいと思いまして」

「わかりました。では、一度お部屋を拝見させていただければと存じます。つきましては――」

「書類は整っています。登記識別情報通知書に建物図面、間取り図と。そちらをもって手続きしていただくことはできませんか。現在住んでおりますし」

城戸さんがまたもや僕の目を覗きこんできた。幻惑するような色っぽい目をしている。

「現状がわからないと、正確な価格付けも売却に向けての具体的な提案も難しいのですが」

「評価額は五五〇〇万円と聞いております。そのため相続税が一千万円ほどと」

その金額なら相続税は三〇パーセント引く七〇〇〇万円で九五〇〇万円になる。一千万円ほどという把握で間違いはない。そう簡単に用意できる額ではないし、延納すれば利子も上乗せされるので、相続した物件を売って作るのが最も現実的だ。

「評価額と実際の売買価格には差がでます。書類だけですと販売活動も限定されてしまいますし、買い手の立場からみるとなかなか購入を決められないものですよ。やはり拝見させていただきたいところですね」

「書類だけで引き受けてくださった不動産会社さんもいるのですが」

すでに他社に依頼をしていたのか。まあそれはそうだろう。納付期限まで残り一ヵ月だ。

「そちらの会社さんでは成約に至らなかったということでしょうか」

「ええ、まだ取り下げてはいないんですが、なかなか決まらないとしかご連絡いただけてなくて」

再度、それはそうだろう、と思う。書類のデータだけでは売りづらい。該当のマンションをピンポイントで狙っていたり、地域や駅からの距離、築年数などの希望と合致するお客が現れたときに売れたらよい、ぐらいに考えている可能性もある。

「先に決まった会社で売却、ということでいいと思いますよ。なにしろ期限のあるお話ですから。ちなみにどちらの不動産会社さんですか」

城戸さんが告げたのは、物件のリフォームも扱っている大手だった。営業担当の力量にもよると思うが、たぶん推されてはいないのだろう。

「そちらの会社さんの扱う情報や集客数から考えると、もう少し積極的にアピールしないと売却に結びつかないかと思われます」

「お値段を下げて売るということですか」

城戸さんの表情が曇っている。

「いいえ、はじめにも申し上げましたが、最後のひと押しで下げるならともかく、物件価格がただ低いというだけだと、なにかあるのではないかと思われてしまいます。周りの物件とのバランスというのもありますので。うちの売却活動といたしましては、マンションのご購入検討者さんや近隣のお客さまへの販売活動、チラシ、サイトへの物件掲載、また内覧を可にして、つまり実際にお客さまに現地へと足を運んでいただいてのご見学を――」

「それは無理です」

「失礼しました。ではチラシやサイトでのご紹介のみに留《とど》めます。ただ、ご自身が買い手になった場合を想定していただければと思うのですが、住み心地がイメージできるほうが目に留まりやすいです。水回りのようすはどうか、リビングやお部屋のようすはどうか、バルコニーからの眺めはどうか。写真や動画の紹介を求めるお客さまは多いですよ」

「とてもひとさまにお見せできる状態じゃなくて」

「もちろん、きれいな場所だけ紹介するんです」

僕は押していったが、城戸さんの表情は変わらない。

ならば、と思って口を開いたところ、瑶子さんが僕の二の腕に軽く触れた。

「城戸さん。所有者はご子息さまとのことですから、今この場で拝見させてくださいと申しても決められませんよね。一度、ご子息さまとゆっくりご相談なさってください」

いつの間にか、瑶子さんは僕の隣りに座っている。

「……そうですね。そうしてみます」

「ただゆっくりと申しましても、期限のあるお話ですからむしろ、しっかりと、と申したほうがよかったかもしれませんね。けれどお決めになりましたら、あたしども地元の不動産会社としての強みを生かしまして、全力で営業させていただきます」

瑶子さんが頭を下げる。僕も瑶子さんにならった。

城戸さんは僕の名刺を手に、店を出ていった。表に立って見送る。

「瑶子さん、ありがとう。でも瑶子さんが言ったこと、ちょうど僕も言おうとしてたんだよ。……言い訳がましく聞こえるだろうけど」

わかってるよ、と瑶子さんが肩をぽんと叩《たた》いてくる。

「人を変えたほうがいいってこともあるさ。どっちにしてもありゃ、迷って決められなくなったあげく、ずるずる流されていくタイプの子だ。残り一ヵ月だなんて、追い詰められてる状況だってわかってんのかねえ」

七十代の瑶子さんから見れば、五十代らしき城戸さんも子供あつかいか。僕の母が生きていれば同じぐらいの歳《とし》だろうから、納得といえば納得だけど。

「なーんか、怪しくないですか。どうしてあの人を飛ばしてお子さんがマンションを相続するんです？」

三木さんが不審そうな顔で言う。

「いろんなパターンがあるんじゃない？　死んだ祖父か祖母からの代襲相続とか。第一順位の相続人になるはずだった子、今回なら父親が先に死んでいるなどで、孫がもらう。それが彼女の息子さん。でも彼女、つまり子の配偶者には相続権がないよね」

僕が一例を出すと、瑶子さんが続いた。

「被相続人が元夫で、彼女はすでに離婚していて配偶者にはあたらない、ということも考えられるね。親が離婚していても子は子だから、相続権はある」

配偶者は必ず相続人になるが、離婚していたらそこから外れる。

「それだったら『向こう』っていうのは、死亡時点での配偶者やほかの子だね。僕の言ったパターンだったら、死んだ父親のきょうだいかな」

「あー、そういうのもあるんですね。だったらうちの亜湖も、元夫の財産を相続できるのか」

三木さん、思いだしたように手を打ちならす。

「できるできる。でもありそう？　養育費も途切れがちなんでしょ。理香子ちゃん、メゲずにがっちり請求しないとダメよ」

瑶子さんがお尻を叩くかのように言う。

「請求してますよー。ホント途切れがちだけど。ということは元夫は財産なんてなさそうですね。借金がないだけマシだったりして」

「借金が、つまりマイナスの財産があるなら、相続開始から三ヵ月までの間に放棄するようにね。そうしないとマイナスを引き継ぐことになるから。これ、亜湖ちゃんに伝えておくほうがいいね。理香子ちゃんが元夫より先に死ぬことだってあるし」

瑶子さん、さすがに容赦がない。まあ、自分の子供——僕の父親が死んでいるわけだから、なにがあるかわからないと身に染みているのだろう。

「面倒ですねえ。生きて暮らしていくのも大変だけど、死ぬのも大変。私は財産も借金もなんにもなく死にたいなあ」

三木さんが、ささやかなようで実は大変な夢を語る。収支計算ゼロで人生を終えるのはけっこう難しい。

城戸さんの言った「向こう」が具体的に誰を指すかはわからないけど、ほかの相続人であることは間違いない。相続人が複数いれば、たいてい揉《も》める。どういう経緯で城戸さんの息子がマンションを相続したかはわからないけれど、相続の開始は九ヵ月前でも、正式に誰かの持ち物になるのは相続人間での話し合いがまとまってからだ。ギリギリなのはそのせいかもしれない。もっと遅くなる場合だってあるのだ。うちに売却の依頼をしてくれるなら、瑶子さんが言ったように全力で営業するまで。

そのときの僕は、単純にそう思っていた。

翌日、城戸さんから電話がきて、該当のマンションに伺うまでは。

3

ロイヤルグリーン一〇〇五号室。築年数は二十年近いが、駅から徒歩七分。五五〇〇万円という評価額がつくのも納得のマンションだった。当然オートロックも宅配ボックスもついていて、ゴミ置き場など共有スペースの掃除も行きとどいていた。ゴミ自体は多かったけれど。

推せば売れる物件だ。そう思いながら風除室の集合インターフォンで部屋番号をプッシュし、城戸さんに扉のロックを解除してもらう。エレベータで十階に向かうよう指示された。眺望もきっといいだろう。

箱から出ると、目の前に城戸さんがいた。部屋で待っているかと思っていたので驚く。

「わざわざお迎えいただき、恐縮です。このあたりからちょっと、撮っていきますね」

と僕はスマホを取りだす。城戸さんは会釈をしただけで、隣を歩きながらも黙っている。

「動画モードですが、しゃべっていただいてかまいませんよ。音声は入れないので」

「……はあ。あの、驚かないでくださいね。今日はあまり、あの、……がよくないようで」

城戸さんがか細い声で説明する。なにがよくないのか、聴き取れなかった。今日も天気がよく、まぶしいほどに晴れていて暑い。もしかしたらクーラーの調子がよくないのか？

ここです、と城戸さんが扉の前で止まった。僕も動画を止める。居住中ということなので、室内は写真だけのほうがいいだろう。片づいているところのみ撮る予定だ。

扉を開けると、冷気がやってきた。

玄関から先、廊下がのびている。その先に格子の入ったガラス戸があり、開けっぱなしになっている。ＬＤＫ《リビングダイニングキッチン》の部分だろう。冷気はそこからのものだ。積みあがった段ボールが覗いていた。引越しの準備だろうか、と思いながら廊下を進む僕の鼻が、なにかのにおいを感じる。

空間消臭剤だ。トイレで用を足したあと、しゅっとひとふきするアレ。

どうしてリビング近くで、と思った僕は、段ボールが引越し業者のものではなく、箱買いされた食料だと気づいた。水、お茶、ビール、幾種類ものカップ麺、ポテトチップス。ここは業務用スーパーか？

リビングの大きなテレビの正面に、ヘッドフォンをつけた男性が座っていた。コントローラーを握り、細かく揺らしている。シューティングゲームらしきものをしているようだ。ソファの背に阻まれ、こちらからは肩のあたりまでしか見えないが、乱れた長めの髪で、やややせ型、身長はわからない。

「すみません。終えるように言っておいたんですが。……ねえ、もうやめて」

城戸さんが男性の肩に手を置く。

「待てって。もうちょっとだって言っただろ」

肩先を上げて拒否する男性。なおも城戸さんが二の腕をつかむと、テレビ画面で爆発が起きた。

「……あーっ、くそっ！　どうしてくれるんだよ！」

ヘッドフォンを乱暴に外して立ちあがった男性が素早くソファから回りこみ、城戸さんにつかみかかろうとしたので、僕は慌てて近寄った。

「あのっ！　設楽不動産のっ！　設楽です」

眉をひそめながら僕を睨《にら》んできた男性は、呆《あき》れたように鼻を鳴らして冷笑する。

「あんた、なにを興奮してんだよ」

「……ご挨拶を。このお部屋の売却をというお話でしたので」

渦巻く気持ちはいろいろあったが、お客さまだ。笑顔を作って名刺を渡す。

「そういや今日来るって話だったな」

男性は僕の名刺を一瞥《いちべつ》し、カーゴパンツのポケットに押しこんだ。この人、部屋を売る気はあるのだろうか。しかし売らないと、相続税が払えないという話だ。

面倒くさそうな表情のまま男性は頭を掻《か》いていた。背は高くもなく低くもなくといったところだ。くたくたになったビッグサイズのTシャツを着て薄い不精髭《ひげ》を顔に散らせ、すさんだ雰囲気はあったが、顔立ちは整っていた。すかさずといったようすで城戸さんが動き、カウンターキッチンに向けて置かれている椅子に座るよううながした。

「設楽さんもどうぞこちらに」

と、僕にも同じ椅子を勧めたが、二脚しかないので城戸さん自身は立っている。

「座れよ」

男性がそう言って立ちあがり、部屋を見回して二リットルペットボトルの水が六本入りと明示された段ボールを持ってきた。同じものをもうひとつ上に積み上げ、自分がそこに腰を下ろす。

「一ヵ月以内にここ、売れるの？」

挑戦するような目で、男性が見てくる。

「私どもとしましては、そう努力いたします」

「売れなかったらどうする？」

「……どうって、うちがですか？」

「は？　違う違う、あんたがじゃないだろ。オレどうするの。どうすりゃいいわけ？　相続税っての？　それをどうするのどうするのって、まー、こいつ、うるさいうるさい」

城戸さんを指さしながら、男性は馬鹿にするように言った。城戸さんは困ったように笑っている。こいつってなんだよ、母親だろ、と僕のなかの渦巻きがどんどんと大きくなっていく。

「税金というものは、納付期限を過ぎると延滞税がかかってきます。つまり払わなくてはいけない額が増えてしまいます。とはいえ条件が合えば延納や物納ができるかもしれません。詳しいことは税理士さんに相談なさったほうが正確です。不動産を扱うちとしては、最大限の売る努力をします」

　声がきつくなってしまったかもしれない。でもこの人、まるでひとごとなのだ。

「正直だな。まあオレとしては、……いいや。それでオレなにすりゃいい？」

　ニヤニヤ笑いながら、男性が両方のてのひらをこちらに向けてくる。

「まずは、こちらの物件が城戸さんのものであることを確認させてください。登記識別情報通知書をお持ちと伺いましたのでそれを拝見します」

　わかった、と男性が隣の部屋に向かう。扉の隙間から一瞬見えた本棚、パイプラック、箱類、モニター。密度が濃い。魔窟ではと不安になる。あの部屋の写真は無理だ。このリビングもやばい。救いはカウンター向こうのキッチンか。意外ときれいだ、と思いながら眺めていると、城戸さんがぽつりと言う。

「水回りの掃除はしてあります」

　目をやると、いたたまれなそうにうつむいている。

「今日のために？」

「ええ。一緒に住んでおりませんで」

　住んでいたらこの段ボールの山はないだろうなと思った。もしかしたらゴミ部屋になっていたのかもしれない。空間消臭剤はそれをごまかすためだろう。ゴミ置き場のゴミも、全部ここからのものだったのかも。

これだっけ、という声とともに男性が戻ってきた。男性――城戸守《まもる》さん。たしかに登

記識別情報通知書にその名が記載されていた。持ち分は一〇〇パーセント。登記されて

間もないのにこの部屋の惨状はなかなかのものだ。いや、登記以前から住んではいたの

かもしれない。

「ご希望のお客さまに購入を検討していただけるよう、撮ってもいい場所だけでかまい

ませんので、お写真、よろしいでしょうか」

設楽不動産への売却依頼の申し込み用紙に記入をしてもらいながら、僕は訊《たず》ねる。

「撮れる場所があるならね」

守さんが鼻で嗤《わら》う。

嗤ってる場合じゃないだろ。困るのはあんただよ。

「拝見いたします。撮る方向を工夫することもできますので」

城戸さんの案内で水回りを確認する。狭い空間は掃除もしやすかったのか、トイレも

バスルームも片づいていた。洗面所も、置かれているものをどけて撮影すれば問題なさ

そうだ。キッチンは、リビング部分を写さないように気をつける。バルコニーからの眺

望は予想通り抜群で、一番の売りになるだろう。

「売却後にお住まいになる場所は決まっていますか？　正直、お部屋からある程度の荷

物を出したほうが、購入者へのアピールもしやすいと思います。やはりみなさま、最終的には現地をご覧になって決めます。今の状態ではちょっと」

僕は城戸さんに小声で話しかける。

「息子の住むところ、ですか……いえ」

「いずれにせよ、売却決定となれば引越すことになりますよね。相続税を差し引いた売却益で新たな物件を、と考えていらっしゃいますか？　今より部屋数が少なくてよいなら手も届くかと」

「……なにも考えてないと思います」

そんな気はしていた。

「書いたぞ」

守さんに呼びかけられ、書類の確認をする。

城戸守、僕と同じ二十四歳、職業欄にはレ点なしだ。学生ではない、会社名は空欄、年収も空欄となっている。

「あの、ご職業がわからないのですが、だいたいの年収を」

「年収？　一億か、二億か」

「投資家……株関係のお仕事ですか？」

「クリエーター」

がったせいだ。

「なにをお作りになって」

「ゲーム」

「年収……の一億円から相続税をお支払いになるというのは……」

ごん、と水を入れた段ボールがうしろに倒れた。守さんが尻で押しだすように立ちあがったせいだ。

「うっせえな。馬鹿にしてんのかよ。稼ぐのはこれからなんだよ。企画書は出してんだ。それがうまくいったら、別にここ売る必要もないだろうが」

守さんがこれでもかと歪《ゆが》めた顔を、僕に寄せてくる。

「まもちゃん、やめて!」

「その呼び方はやめろ」

止めてきた城戸さんに、守さんが嚙《か》みついている。

「……まもちゃん?」

僕はつい、復唱した。

「言うなよ。ガキみたいだろうが!」

僕の胸倉をつかもうとした守さんの手を、僕は逆につかんだ。

「もしかして、三年一組のまもちゃん? 同じ小学校じゃない? 僕は二組。設楽真輝。

体育の時間に、鉄棒の空中前回りの回数を競ったことがあったよね。僕とまもちゃんが最後まで争ったの、覚えてない？」

　ひるんだような目で、守さんが見てくる。

「設楽……、空中前回り？」

「そう。まもちゃん、女子に人気があったから、二組の子の応援も持ってっちゃってさー、悔しかったなあ。僕はそれ覚えてるよ」

　けだるそうな、いわゆるアンニュイな表情が整った顔を引き立てていたっけ。そう、小学三年生であっても、みなイケメンには弱いのだ。そうだ、まもちゃん。城戸守。彼だ。

「おお設楽かー。……って嘘《うそ》。覚えてない」

「忘れた？　まあいいや、昔のことだし。わかった。まもちゃんの物件なら、よりがんばって売らせてもらうよ」

「まもちゃん、言うな！」

「ごめんごめん、守くん。いえ城戸守さん。よろしくお願いします」

　僕は頭を下げた。

4

「申し訳ありませんでした」

エレベータに乗りこむと、城戸さんが話しかけてきた。彼女はそのまま帰るという。

「いえ。でもまさか同級生に会うとは思いませんでした。この近辺にお住まいだったんですか。たしか小学校は途中で転校しましたよね」

「はい、まあ」

いわゆる転勤族か、と僕は思った。守くんは、小学校に入学したときにはいなかったと記憶している。同じクラスになったことはないが、体育の授業は二クラス合同でやっていて、三年生のときに一緒になった。そこに見栄えのする男の子がいて、去年やってきた転校生だと知らされたのだ。けれどすぐまたいなくなった。うちの小学校に在籍していたのは、せいぜい一年か一年半ほどだろう。

「あの……。息子は、本当はここから出ていきたくないんです」

城戸さんは言いづらそうだった。僕はほほえんでみせる。城戸さんに会ったことがあると思ったのは、守くんの母親だったからなのか。そういえばよく似ている。

「売却を望んでいないようすは、見ていてわかりましたよ。こちら、相続したばかりのようですが、もしかしてそれ以前から」

「ええ。住んではいたんです。七、八年ほどまえから。……父親の持ち物で」

父親というのは、城戸さん自身の父親ではなく守くんの父親を指すのだろう。住んでいた部屋をそのまま相続したということだ。

「ちなみにお父さまは同居なさっていましたか？」

「いえ」

城戸さんが短く返答する。

小規模宅地等の特例を使えば相続税を抑えることができるけれど、生前そこに被相続人が住んでいた、貸付用の宅地等も含めて事業を営んでいた、というのがまず条件になる。あの部屋は当てはまらないようだ。

「そうでしたか。住み慣れた部屋を離れたくはないでしょうね。けれど相続税にまわす手持ち資金がないなら、売却してお金に換えるのが最もよい方法だと思います。延納を選んでも、失礼ですが年収が少ないとのちのち苦しくなってきます」

はい、と城戸さんがうなずく。そして苦笑した。

「少ない、ではなく、ほぼないに等しいと思います。たまに呼ばれて、ゲーム関係の、なんでしたかしら、事前チェックのようなことをしているんですが」

「その会社に企画書を出してるんですか？」

「たぶん。でもどうなんでしょう。そんな才能があるなんて思えません」

部屋を見せてしまったからか、僕が同級生だと知ったからか、頑《かたく》なようすだった城戸さんが、自分の気持ちを出していた。

どんな商売も同じだろうけど、不動産の売買は信頼関係が重要だ。一生に一度あるかないかの売り買いで、ある程度はプライベートを見せる必要も生じる。不信を抱かれてはなりたたない。だから僕も、守くんのまえでいろいろと我慢した。まだまだ修行が足りなかったけれど。

「僕はゲームに詳しくないのでわからないけど、守くんのゲームなら買いますよ」

「ありがとうございます」

「でもまずは、こちらの物件をなるべくいい条件で売却できるよう、整えていきますね」

ちょうどいいタイミングで、エレベータが一階へとついた。それでは、と会釈をする。マンションまわりのようすを、もう少し見ておきたい。

「……あの」

エレベータから出て歩きだすと思っていた城戸さんが、足を止めていた。なんでしょう、と僕はうながした。

「相続税は息子に対してかかってくるんですよね？　私が肩代わりすることはできるんでしょうか」

城戸さんが近寄ってきて、また、吸いこむような目で見てくる。

「その場合は城戸さんから守くんに贈与することになるので、そのお金に対して贈与税がかかりますね。税率が、えぇっとすぐ浮かばないんですが、一般に贈与税は相続税より高いです。もちろん、承知の上でしたら、私どもが口を出す話ではありません。お金のあてはあるんでしょうか」

「一応、家が。マンションではなく、庭つきの家が。そちらのほうを売却というのは」

そっちはそっちでもらってたのかと、まず思った。配偶者に対する相続税は、なるべく少なくなるように配慮がされている。

「そちらの家の相続税は、問題ないのですか」

「ずいぶん以前にいただいたものなので」

今ではなく、過去の話なのか。

やはり被相続人と城戸さんの間には、死亡時点での婚姻関係がないようだ。亡くなった元夫から離婚時にもらったものなのか、かつて親から相続した家に住んでいるのか。

「ずいぶん以前とはどのくらいなのでしょう。築年数の古い家は、どうしても売りづらい傾向にあります。うわものなしで、つまり家をなくして土地だけにしたほうが売れますね。マンションのほうが早めの売却に結びつきやすいとは言えます。一般論ですけどね」

「そう……ですよね。いちおう、これ、十年……いえ十五年ほど昔に査定してもらったときのものです。念のためにと思って探して、持ってきました」

と、城戸さんが、クリアフォルダーに入れた古びた複写紙を渡してくる。そこで笑顔になった。

「店構えが違っていたから、同じだと気づきませんでした。当時は、年嵩《としかさ》の男性が見てくださったんですが」

そこに書かれていた不動産会社は、うちだった。署名されている担当者の名前は、設楽平和。じいちゃんだ。

「え……」

「お元気でいらっしゃいますか」

5

「ああ、あったあった。これじゃないかね」

瑶子さんが書類棚から、十五年前の古い営業日誌を出してくる。城戸さんが持っていた複写紙と対になる見積りは、取引がなかったので処分されていたようだ。

「ほらごらんよ。営業先、お客さんの名前、営業内容、取引内容、雑感、天気に簡単なニュース。いろいろ書いてるだろ。懐かしいねえ」

　瑶子さんが頬を緩ませている。

「日によって詳しかったりあっさりだったりとバラバラだね。電話のメモやお客さんが内覧した間取り図まで描かれている日もあれば、箇条書きで数行って日もある」

　営業日誌は一年分で一冊では足らず、年のうしろにナンバリングまでされていた。

「気分屋なところがあったからね、おとうさんは。そこいくと、あんたは箇条書き派で毎回あっさりだ」

「データベースがあるんだからいいじゃん。二度手間になるの嫌だし」

「それで城戸という名前は……まずこれが最初かね」

　瑶子さんが営業日誌のページをめくる。

　七月の中旬に、家の査定を頼みに店頭にやってきたという記載があった。そして――

「和装美人、だって。じいちゃん、なに書いてんだよ。これじゃただの日記じゃないか」

　僕の嘆きに、瑶子さんが苦笑している。

「こういうの許していいわけ？　瑶子さん怒らなかったの？」

「どうだったかねえ。……まあ、おとうさんがいないときに店にいらした場合、どのお客さんかわかりやすいっていうメリットはあるね」

　モノは言いようだ。とはいえ僕もはじめて城戸さんが店にきたときに、着物が似合いそうだと感じたので、的確な人物デッサンかもしれない。

七月下旬に、じいちゃんは城戸さんの家に査定のために出向いている。城戸さんが持ってきた複写紙と同じ日付だから間違いないだろう。同額の金額もメモされている。

八月になってから、じいちゃんは再び城戸家を訪問、しかし不在。その次は、電話で以降の営業をお断り、とあった。丸に済の字つきだ。

「これで終わり？　つまり、ただ家の価値を確認したいってだけだったんだね」

僕は肩をすくめる。そういうお客さんもいる。城戸さんは今も同じ物件を持っているので、他社に売却を依頼したのでもない。日誌だけでは詳しいやりとりはわからないけれど、はっきり査定のみだと言ってくれれば、じいちゃんも不在の家を訪問する必要はなかったのでは。

瑶子さんが、日誌をまえにうしろにとめくりながら考え込んでいる。

「なにか気になることあるの？　……じいちゃんに、聞いてみる？」

施設にいるじいちゃんにはときどき会いに行っているが、認知症の症状は進んでいるような進んでいないような状況だ。

「今のおとうさんが覚えているとは思えないんだよね。家を見せるか城戸さんに会わせるかするなら別だけど」

「会わせる？」

「……あんとき、おとうさんがなんか言ってたんだよね。あの子、城戸さんのことを。なんて言ってたんだっけ」

　瑶子さんが首をひねっている。

「十五年も前でしょ。家はだいぶ変わってるんじゃないの？　城戸さんだって」

「ああ、そうだ。思いだした。おとうさんはたしか、こう言ったんだ。あれはお妾《めかけ》さんじゃないか、って」

　は？　と思わず声が出た。

「お妾さんって、いったいいつの時代の話？　十五年前でも二十一世紀だよ」

「じゃあなんていうんだい、愛人かい？　言葉はどうでもいいよ。正妻じゃない女性のことだ。……そうだ、思いだしてきたよ。たしか近所の人から話を聞いたんだよ。あの家、住宅街にある奥の一軒で、中古で買われたあと、しばらく誰も住んでなかったらしい。それが突然、母親と息子、そして祖母らしき家族が越してきた。父親はいないようだけど、たまに黒塗りの車が停《と》まっていたそうだよ。おとうさんが家を見たとき、全部きれいにリフォームされていて、家電も新しかったんだってさ。だから売ったり貸したりするつもりはないんじゃないかって、そのときも言ってたっけ。査定のあとで訪問して不在だった日も、ほら、ここをごらん。近くの物件に寄ったついでだろ。積極的に営業をかけるならもっと電話をしている。お断りは向こうからの電話だね」

瑶子さんが言うように、日誌をよく読むとじいちゃんの行動が推察できた。たしかに、前後の用件の合間に立ち寄っただけのようだ。

「……家、親族が買ったものを譲り受けたのかもしれないよ。黒塗りの車だって、別にただ恋人ってだけかもしれないし、男性だったかどうかさえわからないじゃない。憶測でモノを言うのはどうかと思うけど」

「たしかに憶測だね。じゃあ彼女、どうしてまた引越したんだい？　仕事の都合かい？　なんの仕事を？」

「それは、わからない。仕事も聞いてない」

短い期間で引越していったから、てっきり転勤族かと思っていた。城戸さんが持っている家の住所は、僕の小学校の学区の端あたりだ。守くんはその家から学校に通っていたのだろう。いったん引越して、また戻ってきたわけだ。その家になのか、守くんが今住んでるロイヤルグリーンになのかはわからない。ロイヤルグリーンは別の学区だ。

「瑶子さんとじいちゃんの説によると、守くんは、城戸さんに家を譲った人の子供ってこと？」

「城戸さんにはそれ以前に夫がいて、その人の子供かもしれないけどね。ただ割と大きな相続が発生してるわけだから、同じ人物じゃないのかねえ」

死亡した父親からの相続であること、「向こう」と表現したほかの相続人がいること、城戸さんには相続権がないらしいこと。そこから考えれば、憶測にせよその可能性は高い。その人は生前も、定期的な収入のない守くんをあのマンションに住まわせて不自由ない生活を提供していた。なかなかの資産家だったと思われる。

死亡したのは九ヵ月前。

調べてみれば誰かわかるかも。まずはネットで新聞の死亡記事を検索して、と考えていた僕に、瑶子さんがにっこりと笑いかけてきた。

「たぶん、この人だね」

「え？」

同じ年の、次のナンバーの営業日誌を見せてくる。

十一月の日付になっていた。八月と同じく近所に用があったようだ。「城戸家、電気の引き込み線なし」という、引越していることが窺《うかが》える記述がされていた。さらに、「隣家によるとドラッグ輪田《わだ》の関係者ではないかとのこと」と書かれている。

ドラッグ輪田。

関東を中心に展開するドラッグストアチェーンだ。創業者は輪田倫太郎《りんたろう》。ネット検索をしたところ、昨年の十二月に心筋梗塞で亡くなったとある。約九ヵ月前だ。お店のサイトから会社概要に飛び、さらに沿革のページを見ると、倫太郎氏の写真が載っていた。顔の輪郭が四角く、その点では他人としか思えなかったが、切れ長な目は守くんとよく似ていた。

そういうこと、なのかな。

同じサイトに役員紹介のページがあり、こちらも顔写真つきだった。各人の経歴やひととなりを紹介するインタビュー記事まで載っている。

現社長の輪田雅一《まさかず》氏と専務取締役の輪田知可子《ちかこ》氏が、倫太郎氏の子のようだ。ともに薬学部の出身で、生年は載っていなかったが、卒業年度から推するに、知可子氏が姉で今年度五十三歳かそれ以上、雅一氏が弟で五十一歳以上。どちらも配偶者がいて、知可子氏のほうは大学生と高校生の子、雅一氏のほうは高校生がふたりと中学生ひとりの子がいるとのことだ。会社のサイトからは、これ以上の関係者がいるかどうかまではわからない。

ちなみに倫太郎氏に関する相続は、配偶者がいれば配偶者が二分の一で、子が残りの二分の一を人数で分配という、もっとも教科書的なパターンになる。配偶者がいないのなら、全額を子の人数で分配だ。

僕はまだ、守くんの父親が倫太郎氏かどうか半信半疑だったけれど、面白がった瑶子さんがすぐに、不動産業界の知り合いから情報を集めてきた。もちろん、城戸さんや守くんの名前は口にしていない。倫太郎氏が亡くなったことによって、彼の会社や財産はどうなるのか、特に不動産の行方が気になるという話題を振ったのだ。どこかで甘い汁が吸えるなら、と考える業界関係者は多い。真偽が混じっていることは織り込み済みだが、噂《うわさ》はいくつか出ていた。

「輪田家は土地持ちだったようだね。バブル期にいい値段で土地を売り抜けて、そのあとまた、下がったタイミングで物件をいくつか買っている。それを運用しつつ、本業のドラッグストアにテコ入れが必要なときに、売って資金にする。ドラッグ輪田には不動産を扱っている子会社があるんだけど、外に向けての商売じゃなく、会社と輪田家が持ってる不動産の管理をやっているそうだ。そこの社長が長女知可子の夫、裕次郎《ゆうじろう》」

リンクは貼られていたが別会社になっているそちらのサイトに飛ぶと、自信に充《み》ちた表情の知可子氏、雅一氏とは違い、生真面目そうな裕次郎氏の写真が載っていた。

「裕次郎が子会社に移ったのは十年ほどまえだ。というか、その段階で不動産部門を別会社にしたようだね。彼は宅建はもちろん税理士の資格も持っていて、以前から不動産取引にたずさわっていたらしい。その子会社が全部処理したせいで、せっかく土地持ちが死んだっていうのに、誰もおこぼれをちょうだいできなかったわけだ。残念だねえ」

瑶子さんがいやらしい笑いを浮かべる。瑶子さんの知り合い、海千山千の人たちが背後に見えるような気がする。

僕は苦笑した。

「城戸さん、控除や特例措置などは向こうが全部処理した、って話をしてたよね。それもその人が取り仕切ったんだろうな。守くん、騙《だま》されてないのかな。守くんが倫太郎氏の息子なら非嫡出子ってことになるけど、法律が変わってから、非嫡出子も嫡出子と同等の相続割合になってるでしょ。取り分は同じはずだよね」

「認知されていることが条件だけどね」

もちろんそうだが、認知されていないなら相続も発生しない。もし認知されていなかったのなら、「城戸守にロイヤルグリーン一〇〇五室を譲る」といった遺言による相続だったのだろう。だけど死亡後に認知を訴えることはできるはずだ。親子関係を証明する鑑定書が要るけれど。

続きがあるんだよ、と瑶子さんが言う。

「倫太郎の妻は病気がちだったようだね。八年前に他界している。再婚はしていない。だから相続人は子のみだ。知可子と雅一という姉弟ふたり。今回、もうひとり出てきたけれどね。倫太郎の遺産は会社の株関係や不動産。倫太郎と一緒に住んでいた雅一が自宅をもらい、知可子は賃貸マンションをもらっている。そのマンションは、上階に知可子一家が住んでいるようだ。ほかの不動産はいくつか売って相続税の原資にされていた。裕次郎がうまいこと処理したんだろう。会社の株式を売ると従業員に影響が出るしね」

「遺産の総額ってどれぐらい？　聞いた？」

「正確にはわからない。負債だってあるだろうしね。けど、ロイヤルグリーン一〇〇五室の三倍なんてもんじゃないだろ」

肩をすくめる瑶子さん。三倍、というのは、認知されている前提であれば、知可子、雅一、守の三人が、遺産をそれぞれ三分の一ずつ相続するからだ。

「ロイヤルグリーンらしき物件の噂もあったね。親戚だか世話になった人だかに贈られたものがあったようだと」

守くん、わけがわからないまま相手の言いなりになってたんじゃないか？　あの部屋にそのまま住まわせてやると言われて納得したけれど、相続税がどれだけかかるかという説明をされていなかったとか。

五五〇〇万円もの不動産なんて、そう手にできるものじゃない。扱いを間違えたら一生後悔する。なんとかうまい形に持っていかないと。元同級生とわかった以上、いや、そうでなかったとしても、立場の強い人間からいいようにされるってのは気に食わない。とはいえ守くんには、このことをどう確かめればいいんだろう。

悩んだ僕は、食料をいくつか買って守くんの部屋に行った。

「なんだおまえ、いきなり友達づらして」

呆れ顔の守くんに迎えられた。正確には、僕から荷物を奪っただけですぐ中に引っこもうとしたので、迎えられてはいないんだけど。

僕は強引に上がりこむ。リビングの段ボールはそのまま。流し台にカップ麺の容器がいくつか積まれていた。

「だって懐かしいじゃん。僕、地元にいる割に小学校の友達に会うこと少ないし。あっと、近くにひとりだけいた。赤坂元太って覚えてない？　いかにもジャイアンって雰囲気のやつ。守くん、元太とは三年のとき同じ組だっただろ。あいつも体育の時間が一緒だったしね。今度会わせるから――」

「知らねえよ。それにおまえだって体育で一緒だったってだけだろ」

渡した荷物をキッチンのカウンターに投げるように置いた守くんは、僕の話の途中で、それ以上はシャットアウトとばかりに言った。

「鉄棒で競ったって話、したじゃん。運動神経いいもん同士。徒競走とか跳び箱なんかもそうだったんじゃない？　運動会のリレーは、僕、二組のアンカーだった。守くんはどうだった？　そこは思いだせないんだけど」

ち、と舌打ちをして守くんが僕を睨んだ。

「二学期はいねえよ。別荘から戻ることさえなく引越したからな」

「別荘？」

いきなり出た単語に素で反応してしまった。別荘。お金持ちは違う。

「……夏の暑さに弱かったんだよ、ばばあが。死んじまったけどな」

吐き捨てるように言う。

「ばばあって、守くんのおばあさんということ？」

「ああ。……もういいだろ。帰れよ」

「なまものがふたりぶんあるんだ。スーパーのだけど握り寿司《ずし》。ほかにも栄養補助クッキーとかビタミン剤とかいろいろ。カップ麺ばっかじゃ、身体《からだ》壊すだろ」

僕は、守くんがカウンターに置いたレジ袋を持ちあげた。普段の買い物はエコバッグにしているけれど、今日はわざと店名記載のレジ袋に入れてもらった。ドラッグ輪田、という文字と、りんちゃんという企業キャラクターの絵が描かれている。ここからさりげなく話を持っていこうと思ったのだ。

僕を一瞥した守くんが、くく、と笑う。

「ウケる。もしかして聞いたの？　オレの父親」

「あー、噂で」

僕はあいまいに答える。噂を掘りおこしているのは僕と瑶子さんだ。

「そ。オレいわゆる私生児ってやつ。おまえ、それが訊きたくて来たんだよな？」

僕は答えに詰まってしまう。ごめん、と口の中でつぶやいた。

「で、そういう話しながら食う寿司、うまい？」

「……スーパーのだから味はそれなりだよ。いやその、ここを売って相続税に充てる、って話だったけど、守くん、なんか売りたくない雰囲気だったからさ。どうにかお金の算段をつけられないかと思って」

「算段、ねえ」

皮肉そうに、守くんは顔を歪める。

ここはもう、計算はなしだ。ストレートに訊ねるしかない。

「あの……、認知はされてるの？　されてるなら嫡出子も非嫡出子も相続の割合は同じだっていうのが今の法律なんだ。だから守くんが相続するのがこの部屋だけというのはどうかと思うし、もう一度ちゃんと——」

「生前贈与ってのがあるらしいよ」

「え？」

「ばばあ。あいつがそれを喰《く》いつくしてたみたいでさ」

伸びた髪に手をやり、守くんが頭を掻く。フケが舞った。スーパーの寿司の上。栄養補助クッキーの上。パッケージされているので衛生的な問題はないけれど。

「何年も、施設に入ってたんだ。割といい施設。それにかなりの金がかかってたんだってさ。それからうちの母親？　あいつも食わせてもらって家ももらって。オレがあいつらを養ってたみたいなものなんだってさ。だってそれ、オレがいなきゃ必要なかった金なんだもんな。オレはともかく、ふたりは他人だし。なんだっけ、……扶養義務、っての？　ばばあやあいつに対しては、あのおっさんもその義務なんてないだろ」

そうなるのだろうか。倫太郎氏は雅一氏らと暮らしていたということだから、城戸さんは内縁の妻というわけでもない。

「だからオレに対する相続分は、とっくになかったそうだ。なんか知らねーけど細かく金額の書かれた紙、今までにかかった費用とやらを見せられた。それ考えるとむしろマイナスだって言われたな。この部屋は手切れ金だってさ。抵当権？　なんかそういうのがついてないから好きに処分できるって。あっちの連中が相続する不動産は、借金が残ってて銀行の足かせがついてるらしい。それも書類を見せられたな。で、遺産分割協議書とかいうのにサインと印押して」

サイン……したのか。でも今までにかかった費用ってのは本当に本当なのか？　知可子氏と雅一氏が相続する不動産は、本当に借金が残っているのか？　騙されてない？

「守くんは、税理士さんか弁護士さん、そういう人と一緒に話を聞いたの？」

「は？　そんな知り合いなんているわけないだろ。馬鹿にしてんのか」

「とんでもない。僕はただもう一度――」

「話、終わってんだよ。下手に蒸し返して丸裸にされたら困るんだよ」

とそこで、守くんは寿司のパッケージを手に取った。表面にふっと強めの息を吐き、フケを飛ばす。

「あっちもやっと、余計なものを吹き飛ばすことができたってとこだろ。ま、表面がいくら汚れても、内側にはなんの影響もなかったんだろうけどさ」

守くんが寿司をかかげたまま、僕を見てくる。

「食うか？」

と問うてきた。

「食うよ」

「やめとけ。おまえには関係ないし」

「寿司だって、内側にはなんの影響もないだろ」

「そういう意味じゃないって。おまえはオレの友達でもなんでもないだろ。ここを売る、高く売る、それだけでいいんだ」

帰った帰った、とばかりに守くんが肩をつかんで押してきた。

「売っていいのか？」

「関係ねえだろ。おまえおこがましいんだよ」

突き飛ばすように、扉の外に出された。

芸も技もない訊ね方をしてしまった。拒絶されても仕方がない。……だけど、なんとかならないだろうか。

6

守くんと一緒に食べるつもりだったので、昼を食い損ねた。商店街まで戻って、いつもの蕎麦《そば》屋に入る。

カツ丼を注文してカウンターの端に座った。ランチタイムが終盤に差し掛かっているせいもあって帰り支度の客が多く、いつだったかのように香水をつけた客もいない。

生前贈与があった、その金額を出してきた、そこまではわかる。と、さっきの話を頭のなかで反芻《はんすう》する。でも待ってくれ。知可子氏や雅一氏に対しては、その生前贈与がされていないのだろうか。住まいはどうだ。学費だってある。ふたりとも薬学部、けっこうかかっているはずだ。そういうのを全部洗いだしたうえで、守くんの相続分はマイナスだと言うんだろうか。……ああでも、遺産分割協議書にサインしちゃったんだっけ。どうすれば。

――あ、そうだ。

「おい」

考え込んでいた僕の右脇に、水が置かれた。

はい、じゃなく、おい。店の人がそんな言い方をするだろうか。それに水を入れたコップは、カウンターにすでに置かれている。

不審に思って右側に立つ誰かを見上げたとたん、置かれたばかりの水を下からかけられた。

「な、なにを」

「それはこっちのセリフだ。美玖をどうした」

元太だった。顔を赤くして目を吊《つ》り上げ、いかにもな顔で怒っている。

「美玖ちゃん？　どうしたってどういうこと？」

「あいつをどこに連れてった。どこに住まわせてるんだ」

表情こそわかりやすく怒りに燃えていたが、言ってることはまるでわからない。まさに俺様ジャイアンだ。

「なんのこと？　美玖ちゃんと最後に会ったのは、一週間以上前だよ」

「どこでだ」

「うちの店の前」

「やっぱりしーま、おまえか」

と元太は胸倉をつかんでくる。馴染《なじ》みの店員さんが驚いて駆け寄ってきた。タオルを持ってきて渡してくれる。

「落ち着けって。なにがあったか最初から話をしろよ。あと座れ。周りに迷惑だろ」

僕は元太の両腕をつかんだ。しぶしぶといったようすで元太が手を放し、隣の席に腰を下ろす。目は僕を睨んだままだ。

「美玖、部屋の物件情報集めてただろ。スマホに履歴が残ってた」

元太が吐き捨てるように言う。

「履歴って、美玖ちゃんのスマホの履歴？　勝手に見ちゃダメだろ」

「そういう細かい話はあとだ。とにかくあいつ、部屋を探してやがった。で、出ていったきり連絡がつかない。電話にでないわ、メッセージは無視だわ。あいつはどこに部屋を借りたんだ」

「知らないよ。うちの店の前にいたのは、おまえんちの家賃をどのぐらい負担すべきか相場を知りたいって見てたからだよ。スマホにあった部屋の物件情報っていうのも、そうなんじゃないの？」

「おまえ、なんでそれを俺に知らせない」

「いちいち言うほどのことじゃないだろ」

「家賃の負担なんて方便に決まってるだろ。俺に言えばすぐわかったのに」

方便なのか？　だとしたらだいぶ以前から、美玖は別の部屋を借りることを考えていたということになる。……そうだたしか、美玖は元太には伝えるなと言っていた。そういうことだったのか。その可能性に思い至らなかった僕は、やっぱり恋愛ごとに鈍い。

先日会ったときも仕事のことで悩んでいたようだったけど、本当は元太のことだったのかもしれない。

「とにかくあいつ、出ていったんだよ。服とか本とか化粧品とか必要そうなものがなくなってて、あとは俺に捨てられてもだいじょうぶなものしか残ってない」

「残しておいたからって捨てるなよ」

「捨てねえよ。言葉の綾《あや》だ。おまえ、細かいことにいちいちつっかかってくるんじゃねえよ」

元太は、焦ったように吐き捨てた。こういうときの元太は、視野が狭くなっている。元太にとっても寝耳に水だったのだろう。

「あのさ、なにがあったかわからないんだけど、その細かいこと、けっこう重要なんじゃないの？」

「なんだと？」

元太が立ちあがろうとする。

「ケンカ腰にならないでよ。スマホを見るとか荷物を勝手に捨てられそうだとか、そういうのやったり感じさせたりしちゃダメじゃないの。美玖ちゃん、不満を持ってたんじゃない？」

「知ったような口を叩くな」

「ごめん。じゃあもう言わない。ただこれだけは言っとく。僕は美玖ちゃんの行方は一切知らない。本当だ。美玖ちゃんの会社に連絡してみたら？」

「有給中。数日間取ってるらしく、同僚は夏休みだと思ってる」

なるほどそういう時期だ。会社の関係者は不審さえ感じていないわけだ。だとしたら美玖はどこにいるんだろう。僕が連絡しても無視されるのかな。

「しーま、おまえ本当に本当に知らないんだな？」

「知らないよ」

「おまえんとこのばあさんに訊いてもいいのか？」

いやいや、たとえ知っていたとしても、瑶子さんはお客さんの個人情報を絶対に漏らさない。そこは見くびってもらっては困る。

「社長だって知らない」

「わかった。もしも、しーまのところに連絡があったら教えろよ、絶対に」

捨て台詞《ぜりふ》を吐いて、元太が出ていく。あたりからため息が、小規模ながら合唱になって広がっていた。出ていった元太はいいけれど、残された僕は恥ずかしい。

お疲れさま、とカツ丼が供された。

ご迷惑をおかけしました、と答え、一口食べてから水をかけられるまえに考えていたことを思いだす。元太は守くんと同じクラスだったし、お金関係にも強い銀行員だ。なにか知恵を借りられないだろうか――と。

……今は無理か。まずは美玖のことが解決しないと頼むこともできない。こんがらがった紐《ひも》は、ひとつずつほどくしかないのだ。

美玖の行方がわかったのは、夕方になってからだった。僕のメッセージもずっと既読無視をされていたが、美玖のほうから電話がかかってきたのだ。

店にいた僕は、小声で受ける。

「今どこにいるの。元太が捜してるよ」

「就職活動してたの」

はあ？　とつい大きな声が出て、瑶子さんと三木さんの視線を受けてしまう。

「どういうことだよ。……あの、元太が」

「元太くんは関係ないよね。わたしがする仕事なんだから。違わないよね」

静かだけど、どこか必死な声が戻ってきた。混乱していた僕の頭も冷えてきた。

「それはそうだね。でも元太、心配していたよ。連絡がつかないって」

「面接中に電話を取るわけにもいかないし。移動のスケジュールとか細かく組んでたし」

移動のスケジュール？　と不審に思ったが、そこを掘りさげるより先に訊くべきことがあった。

「元太、美玖ちゃんが部屋を出ていくんじゃないかって言ってた。その、賃貸の物件をスマホで見てるみたいだって」

うん、と答えた美玖がしばらく黙りこむ。

「もしかして設楽くんにやつあたりした？　迷惑をかけてごめんなさい。……履歴をね、……勝手に見られた。ほかにもメッセージとか。それで言い合いになって」

「それは、元太が悪いね。僕もそれを聞いて、ダメだよって言った」

「うん、……ありがとう」

「以前、うちで物件案内を見てたのも、元太のところから出ていくつもりだったの？」

「わたし、ひとりでもちゃんとできるの」

美玖がぽつりと言う。

「ちゃんと？」

「家賃が厳しくて一緒に住んでたけど、一方的に頼ってはいないんだよ。なにもできないわけじゃないよ。ごはん作ったりとか、元太くんの都合を優先したりとか、してたし。わたしにできること、やってあげられること、だよね」

「うん、そういうの美玖ちゃん、してそうだね」

「でも……、だからダメだったんだと思う。なんだろう、養われてるみたいな、どこか気おくれがあって、ついいろんなことやってあげてて、やんなきゃいけないってなってて、いつの間にかそれがあたりまえになって」

「ひとりで暮らしていけることを表明したくて出ていくの？」

ふふ、と小さく笑う声が受話口から聞こえた。

「ばかりでもないんだけど。それに決まったし、新しい就職先」

「それはよかったね。おめでとう」

「ありがとう。これで堂々と出ていける」

頼りなげだった美玖の声が、ふいにしっかりとした。ああ、決めてるんだな。そう思う。……僕の出る幕は、まだあるんだろうか。

「部屋、決まったの？」

「これから」

「じゃあ、ぜひとも設楽不動産をよろしく」

笑いとセールスに紛らせて言うと、美玖はごめんね、と答えた。

「設楽くんのとこ、京都支店とかないよね」

「き、京都？」

椅子から腰が浮いた。また大声を出してしまう。

「就職先、京都なの。以前から興味あるとこが募集してて。学生街にある部屋なら費用も抑えられるかな。これから回るつもり」

京都。

期待は一瞬にして砕け散った。いっそすがすがしいぐらいだ。

「そ、そうなんだ。いい物件、見つかるといいね。……できれば時間を変えて現地見学をしたほうがいいよ。昼の顔と夜の顔が違うことってあるから。特に、帰宅時間に合わせて最寄り駅から歩いてみたほうがいい。治安がいいか悪いかがわかる。あと学生用だと部屋の作りが薄いこともあるから注意して。夜、騒がしいかもしれないね。でも安くごはんが食べられるお店は多いかも」

動揺を悟られたくなくて、思いつく限りのことをしゃべる。

「参考にするね。ありがとう」

「元太とはもう、会わないつもりなの？」

荒れるだろうな、元太。しばらくはサンドバッグにされるかもしれない。

「……会わずに済ませられるなら、そのほうがいいかなとは思ってる。必要なものは友達のところに一時避難させておいたし」

「ちゃんと説明したほうがいいよ。それと元太、残ってる荷物は捨てないって言ってた」

そうなのか、とつぶやきが聞こえ、また沈黙が流れた。

「じゃあ……、ついてきてくれる？　荷物持ちに」

「はあ？」

「設楽くん、一緒に来て。三日ほどしたらいったん戻るから」

「ちょっと待ってよ。どうして僕が。……その、そういうのはふたりの問題でしょ」

「刺されたくないから」

「えっ」

「精神的にね。……言葉でぐさぐさ刺してくるから反論ができなくなるの。今も設楽くんに迷惑をかけてるけど、でもきっと最後だから。お願い」

また連絡すると言って、美玖は電話を切った。

元太と美玖がうまくいかなくなった原因は、なんとなくわかった。

無意識か意識的にかわからないけれど、元太はマウントを取っていたのだろう。美玖はしばらくそれに応えていたものの、疲れてしまったんじゃないだろうか。そういえば以前、元太に口の悪さを指摘したとき、そういうのは親しい相手にしか言わないと言った。つまり、親しい相手には言う、ということだ。

もう少し早くそのことに気づいていれば、事態は変わっていただろうか。本当に僕は、タイミングが悪いし、鈍い。

いや、どうだろう。さっき美玖は言った。きっと最後だから、と。——変わらなかったかもしれない。

スマホを片手に、僕はため息をつく。

「どうしたんだい、いったい。例のドラッグ輪田の息子とは別件みたいだね」

瑶子さんが眉をひそめながら訊ねてくる。

「うん。まあ同級生といえば同級生のことなんだけど」

「また面倒を抱え込んだのかい」

「例の女の子じゃないですか？　表でたまに物件の案内を眺めてた子」

三木さんが口をはさむ。隙あらばサボろうとするくせに、妙なところでするどい。

「うちの案件にはならなかったから、仕事とは関係ないよ」

「あの子、お部屋、借りないんですか？」

「京都に引越すそうだよ。知り合いの不動産会社があったら教えて。紹介するから」

僕は訊ねてきた三木さんではなく、瑶子さんに声をかけた。

「そりゃまた遠いね。誰かいたっけ、すぐには思い当たらないねえ」

瑶子さんは苦笑している。三木さんも鏡に映したように同じ表情をする。

「そっかあ、京都行っちゃうんだ。真輝くん、気を落とさないでね。またいい子と巡り合えるよ」

「いやだから、あの子は友達の恋人だって」

別れるみたいだけど、という話はしなかった。僕の話から、たぶん気づいているだろうふたりは、それ以上のことは言わなかった。

その場では。

夜。三木さんが帰ったあとで、瑶子さんが飴玉《あめだま》をくれた。

「なにこれ。子供連れのお客さんが来たときに渡すやつじゃない」

「疲れたり気持ちがささくれたときには甘いものだよ」

「……だから何度も言うように、美玖ちゃんはただの大学の同級生だってば」

ぽんぽんと、肩を叩かれた。

7

せめて最後に美玖の役に立ちたい。とは思うけれど連絡待ちでなにもできない。直近の問題は、守くんだ。

知可子氏と雅一氏、嫡出子側との話を蒸し返そうというのは、おせっかいだったかもしれない。ならばせめて、できるだけ高い値段で部屋の売却を進めるべきだろう。

物件の情報に間取り図、見栄えよく撮った写真と動画を設楽不動産のサイトに載せ、チラシも作った。賃貸物件を中心にポスティングしていく予定だ。広めの2LDKの部屋なので、家族向けに推していきたい。同じ学区内からの反応が最も期待できるけれど、学校も病院も商業施設も充実している場所だから、多少離れていても、ロイヤルグリーンのある街に住みたい人がいるかもしれない。

近い学区はポスティングサービスの会社に任せることにして、僕も仕事で向かう先で撒《ま》くことにする。

そんななか、シャトー輪田というマンションに行きあたった。これ、瑶子さんの言っていた、輪田家が持っていた物件かもしれない。姉の知可子氏が相続したという話だった。上階に住んでいると聞いたけれど、あのルーフバルコニーつきのペントハウスじゃないだろうか。

僕は建物を見あげながら思う。設楽不動産で扱っている物件じゃないので正確なところはわからないが、てっぺんの三角のようすからみて、メゾネットになっていそうだ。

僕は以前も見たドラッグ輪田のサイトから、役員のページを確認した。もちろん住所など載っていないが、ひととなりを紹介するインタビュー記事に気になる記述があったのだ。

いくら忙しくても家族そろっての朝食が日課、住んでいるマンションの部屋から川沿いの桜が見えるため、春はベランダに出て食事をする。知可子氏の記事にはそう書かれていた。

ベランダというのは控えめな表現で、実際はルーフバルコニーに違いない。マンションの位置からみて、西にある川沿いの桜が眺められるはず。きっとここだ。

このマンションにポストインするのは危険かな、と思いながら、風除室へと立ち入る。扉はオートロックなので、それ以上先へは入れない。集合郵便受けは番号のみ、どれにも名前は記載されていなかった。僕は箱の数をメモした。外から見たようすももう一度たしかめよう。部屋の大きさや入居者の数がわかる。どれだけの収益があるかも計算できるだろう。

調べても、相続の話を蒸し返さないなら意味がないかもしれないけれど。そうはいってもやっぱりずるい、と義憤が湧いてくる。

怖い顔をして立っていたせいか、エントランスの内側からロックのかかった扉を抜けて外に出てきたばかりの女性がいぶかしげに見てきた。僕はそ知らぬふりをして同じ扉から中に入ろうとしたが、その女性にとがめられた。

「ご用は何号室？」

「あ……えっと」

「入れ違いで扉を抜けるのはルール違反ですよ。防犯カメラもついています。あなた、なにもの？」

指を天井にある半球のカメラに向けながら、女性が近づいてくる。

僕の苦手なにおいがした。あの有名な香水だ。

「……すみません。セールスで」

「そう、お帰りください」

なるべく息をとめていたが、むせかえるようなにおいに営業スマイルが固まる。女性をそばで見てやっと気づいた。女性は輪田知可子氏だった。役員ページの写真は多少修整が入っているようだが、たぷたぷと垂れた四角い頬はそのままだ。

すみませんすみません、と連呼して、僕は退散した。やっぱりあの香水をつけている女性は苦手だ。

8

ロイヤルグリーン一〇〇五号室を購入したいという問い合わせは、まだ入らない。条件は悪くないはず、と思いながら、次に打つ手を考える。内覧、なんとか守くんに承知してほしいけれど、難しいかな。

そんななか、美玖からやっとメッセージが届いた。夜九時に、元太の部屋に来てほしいという。元太にも連絡済みだそうだ。美玖の荷物がどれだけあるかわからないので、近いけれど車で向かう。

元太の住むマンションもオートロックつきだ。風除室のインターフォンから呼びだすも、返事はない。

いないのかよ、とつぶやいたところで背後から声をかけられた。美玖だ。スーツケースを転がしている。

「灯《あか》りがついてるから、居留守じゃないかな」

そう言いながら、ボタンを操作して扉を開けた。僕はうしろからついていく。スーツケースを持とうとしたが、中身は入っていないからだいじょうぶと断られた。

部屋の扉からもう一度インターフォンで呼びかけ、それでも返事がないので美玖が合い鍵を使って開けた。このまま返すから、とキーフォルダーから抜いている。

「美玖です。荷物、取りにきました」

廊下から声をかけると、奥のほうの部屋で物音がした。

「……入れよ。出してあるから」

元太が言う。

ありがとうと答え、美玖は奥へと入っていった。僕も続く。リビングの入り口近くにごちゃっと、部屋着やタオル、雑誌などが置かれていた。美玖は黙ったまま、スーツケースを広げてそれらを詰め込んでいく。僕は身の置き場がなく、ただ突っ立っていた。元太はソファに座ったままだ。

ソファテーブルには、三五〇ミリリットルの缶チューハイが横向きに転がっている。

　酔っているようには見えないけど、美玖に変なことを言わないように、と僕は話しかけた。

「この間、城戸守くんに会ったんだ。覚えてる？　小学校んときの転校生。僕とは一度も同じクラスにならなかったけど、体育は二クラス合同だから三年生のときに一緒になった。元太は、守くんとは三年のときに同じクラスだったよね」

「城戸？」

「そう。割とカッコよくて、女子から人気だったじゃない。僕と鉄棒で競ってた子」

「……さあ」

　そこで会話が途切れてしまう。沈黙の続くなか、美玖がスーツケースをぎしぎしと言わせていた。やがてロックを閉める音がする。

「ありがとう。お世話になりました」

　美玖が元太に頭を下げる。元太がちらりと目をやった。

「京都に行くんだって？　なんの仕事をやるの」

「アパレル。染物をアレンジしたブランドがあって」

　は、と元太の喉が声とも息ともつかない音を出す。

「この時代にアパレルとはね。よくもまあそんな右肩下がりの業界に行く気になったもんだ。商社は切り捨てに走ってるし、銀行も金貸さないし、やばいって」

「……現状ぐらいは知ってるよ。だけどそこのブランドは今、勢いがあるの」

美玖がスーツケースの伸縮ハンドルをぎゅっと握る。

「今だけだって。染物のアレンジ？　ちょい物珍しいだけだって。やっぱ世の中ってものがわかってないんだよ、美玖は」

「わかってるよ」

「わかってない。俺が追いかけられない場所に行きたいって思っただけだろ。遠くだから決めたんだろ。今アパレル系やろうってのは、よっぽど思い入れがあるか、とんがってるやつだけだ。おまえ、いつも普通の恰好《かっこう》してるじゃないか。そんなにファッションに興味あったか？」

美玖の唇が震えている。僕はふたりの間に入るようにした。

「元太。そんな一方的に言ったらだめだよ」

美玖が合い鍵をソファテーブルに置いた。

「好きに言ってればいい……。わたしはわたしなりに、興味、あるよ。普通の恰好をしていたのは、普通の会社員だからだよ。元太くんが、そういう恰好のほうが好きだからだよ。……でも、そういうの、疲れたの。自分が面白そう、楽しそう、って思った仕事にチャレンジしたくなった。それで失敗したとしても、元太くんはそれみたことかって、笑えばいいだけの話だから」

「笑えるかよ。俺はおまえを心配してやってんだよ」

「やってもらわなくても、もう、いいの」

元太が顔を赤くしていく。合い鍵を投げつけるか、缶を投げつけるか、と僕ははらはらしていたが、元太は美玖を睨んだまま黙り込んでいる。美玖が小さく息をついた。スーツケースを引きずらないようにと思ったのか、美玖はサイドのハンドルに握り直して持ちあげていた。僕は代わりに持とうと手をのばす。

「しーま、やっぱりおまえが糸を引いてたんだろ」

元太の冷たい声が飛ぶ。

「引いてな――」

「関係ない。設楽くんはまったく関係ないよ。元太くんのことが嫌になったの。そうやってなんでも決めつけることが嫌なの。わたしの気持ちもわたしの未来も一方的に決めて、自分だけがわかってるんだ、なんて言わないで。それだけ」

僕がのばした手を無視して、美玖は重そうにスーツケースを運んでいく。

まったく関係ないって、それはそうかもしれないけれど、はっきり言われたのはなかなかきつい。

「待ってよ。僕、荷物持ちに呼ばれたんだろ。持つよ」

短い廊下、僕は美玖を追いかけた。

「うん、いいの。呼んでおいてごめんね。やっぱり自分の荷物は自分で持ちます」

「でも、夜だし、危ないよ。荷物を運ぶつもりで車で来たし、送るって」

「ありがとう。いてもらえただけで安心できたよ。でもわたしより、元太くんについていてあげて。……わたしはちゃんと選び直したから」

「選び直し？」

「うん、設楽くん、まえに言ってたでしょ。間違った道を進んで取り返しがつかなくなることがあるって。だからお客さんを放っておけないって」

僕はうなずく。それが僕の信条だ。

「わたしももしかしたら、間違ったのかもしれない。元太くんとつきあったことじゃないよ。元太くんに合わせようとしたこと。自分は自分なのにね。だから、面白そうだと思った仕事を選んでみたの。一からスタートしてみようと思った。一度は間違ったけれど、また、選び直せばいいだけ」

僕は、そんな形ででも、一番間違ってほしくない人の役に立てたんだろうか。

だとしたら、少しはむくわれる。

「わたしは選び直せたから、今、最強の気分なんだ」

「最強か。かっこいいね」

「ありがとう。最強だからひとりで平気だよ」

玄関の三和土のところでそう言った美玖は、さっぱりとした笑顔だった。じゃあね、と手を振って、扉の向こうに消える。

僕はため息を呑《の》みこむ。

美玖の気持ちはもう、新しい場所にある。

「おまえもふられたか」

どこか得意そうに、背後から元太が声をかけてきた。元太は缶チューハイを、ほい、と僕に投げてくる。冷蔵庫から新たに取りだしたのだろう、よく冷えている。けれどそのまま返した。

「いや僕、車だってば」

「つまんねえやつ」

「ごめん。今ちょっと早めに処理したい案件抱えてて。日を改めてつきあうよ。さっき言ってた城戸くんも紹介するよ」

「……城戸、ねえ。転校生？」

僕が断った缶のプルタブを開け、元太は首をひねる。

「そう。三年一組だから元太のクラスだったよね」

「転校生なんて二年のときに来たやつしか知らねーわ」

「同じ子だよ、たぶん。二年生のときも元太と同じクラスだったの？」

うーん、としばらく考えたあと、元太の表情が変わった。あることを言いだす。

9

この道は知っている。雨の予報だったけれど、歩いてきたのは正解だった。

いや、知っていると思っているだけだろうか。ずいぶん時間が経ってしまったから、あたりの風景も変わったはずだ。

だけどこの先を左に曲がったところに住んでいた友達のことは覚えている。隣の学区との境あたり、つまりはちょっと遠いのだ。誰かの家で遊ぶならたいてい学校の近くの家だけど、あの日は夏休みに入ったばかりで、ふだん行っていないところにしようと、みんなで歩いていった。だけど帰りにはぐれてしまったのだ。

どうしようと思いながらあちこち走り回って、住宅街の袋小路に迷いこんだ。その家の前の道で、偶然じいちゃんと会った。お互いにびっくりしたのを思いだす。

あのときじいちゃんはひとりだっただろうか。誰かお客さん……わざわざ門の外まで出てきたお客さんと挨拶をしていたような。その人は僕に声をかけて――

記憶という名の膜に包まれていたものが、ぺりぺりと剝《は》がれていく。

雨粒が空から落ちてきた。

ギリギリで傘を使わないまま、その袋小路の奥の家に辿《たど》りつく。僕は門袖《もんそで》にあるインターフォンを鳴らした。

「おはようございます、設楽です。すみません朝早くから」

「お世話になっております。もう少しお待ちいただけると……。それにしてもどうなさったんですか。買ってくださる方がお急ぎとか？」

申し訳ない、と思いながら、インターフォンに頭を下げる。伺いたいという連絡は昨夜のうちにしておいたが、いきなり今朝というのは早かっただろう。

「そうではないのですが、ちょっとお話がありまして」

しばらくののち、城戸さんの姿が玄関に見えた。雨に気づいて一歩戻ってから、傘を持って門の外まで出てきた。

「ごめんなさい、濡《ぬ》れましたね」

そう言って、傘をさしかけてくる。

同じだ。あのときは日傘だった。

ずいぶん汗をかいているのねと言われて、傘をさしかけられた。ジュースかなにか飲んでいってはどう、と誘われて中に入ろうとして、じいちゃんにたしなめられた。そうこうしているうちに、はぐれたことに気づいた友達がやってきて声をかけられ、その場を離れた。最後に城戸さんは手を振ってくれた。

やってきた友達は、こう言ったっけ。

「しーま、なにやってんだよ」

と。

記憶を辿っている僕を、城戸さんが不思議そうに見ている。すみません、と会釈をすると、どうぞ中へと誘われた。

門から飛び石を踏み、庭へと入る。道路と隔てる塀は高く、隣家との境の生垣に植栽もよく育っていた。門袖の向こうには一台分が入る車庫スペースがあり、そんなどんづまりの場所だというのに、目隠しのシャッターが門袖から伸びている。外側から家の中が窺いづらい作りだ。なるほど、じいちゃんが「お妾さん」と言った理由が納得できる。家も住人も目立たない。

リビングに通された。部屋の中央にはソファセット。そこにお座りくださいと促される。荷物の少ない部屋だ。ガラス扉を持ったコレクションキャビネットがあったが、中身はすかすかだ。僕にでもわかるウェッジウッドやリモージュ焼などの陶磁器が、ぽつりぽつり、偏った置かれ方をしていた。

「少しずつ売ってるんです、ネットで。意外といいお値段になるんですよ」

僕の視線に気づいたのか、城戸さんが恥ずかしそうに言った。そういえば城戸さんの生活費がどうやって賄われているのか聞いていなかった。

「単刀直入にお伺いします。守くんが転校した経緯を知りたいんです」

「経緯？」

「はい。失礼ですが、守くんは九ヵ月前にお亡くなりになった輪田倫太郎氏、ドラッグ輪田の社長……前社長のお子さんですよね。つまりロイヤルグリーン一〇〇五号室は、倫太郎氏から相続した物件」

「ええ、まあ」

調べればわかることと思ったのか、城戸さんは素直にうなずく。

「認知はされているのですね」

「……ええ。生まれてすぐではありませんでしたが」

「ほかに、おふたりの相続人がいらっしゃいますよね。知可子氏と現社長の雅一氏。そのふたりが相続した額と守くんとではかなりの差がある。守くんはその理由を、生前贈与があったためと言われたとして、いまさらそこを争う気はないようでしたが、城戸さんもそれでいいんですか？　本来は同率で分けられるはずのものです」

「ええ」

ためらいもなく、城戸さんがうなずく。

「守がどう説明したかはわかりませんが、ずっとお世話になってきました。あの人とは私が看護師をしていたときに知り合ったんです。当時、奥様がご病気で入院されていて、たびたび話をするようになって。わたしも母が病気がちで、なんだかお互いに、慰め合うような形になって。母は、その後も入退院を繰り返し、最期は施設で亡くなりました。かなりのお金がかかっているはずです。私自身もあまりじょうぶではなく、母を介護しながら仕事をすることはできなくて」

城戸さんが看護師だったことは知らなかったけれど、守くんから聞いた話とほぼ同じだ。

「だからあの人に頼る生活を続けてきました。守も生まれ、頼ってくれていいと言われると断る理由を探すのが難しくて。……いえ、難しいと思って自分の力で踏ん張ろうとしなかった。守は……守はそういう私を軽蔑しているんです。何度かぶつかり、あの子は家を出ました。でも守にしても結局……」

城戸さんが言葉を詰まらせる。守くんもまた倫太郎氏の用意したマンションで暮らしている、そう言いたかったのだろう。そうなるまでにどんな紆余曲折《うよきょくせつ》があったのか、途中の経緯はわからない。でも立ち入ってどうなるものでもない。問題はこの先だ。

「わかりました。で、こちらのお家《うち》も倫太郎氏からの贈与ということですね」

「ええ。税金分も含めて。十……五、六年ほど前に」

「こちらに引越していらしたのはそのときですね。守くんと一緒に。守くんは小学校の二年生」

城戸さんがうなずく。

「母もです。寝たり起きたりでしたけど」

瑶子さんから、近所の人の話としては聞いてはいたが、じいちゃんが書いた日誌には家族構成までは書かれていなかった。必要がないと思ったのか、訪問した日にふたりがいなかったのかはわからない。いずれにせよ、近所の人の話は正確だったようだ。

「せっかくの持ち家なのに、また引越しを……転校をされたのはなぜなんですか」

しばし、城戸さんが考えこむ。

「戻るなと言われたからです。あのとき母が……、母は暑さに弱く、すぐ調子を崩すので、毎年夏になると涼しいところに滞在していたんです。守も連れて」

「別荘に、ですね」

「そうです。あの人が持っているものですが。向こうで生活していたところ、急にあの人がやってきて、当分の間、大阪にいてくれと。そのまま別荘から、あの人が用意してくれたマンションに移りました」

「引越しの準備はどうなさったんですか」

「たしか全部、業者さんがやってくれたんじゃなかったかしら。手続きもあの人が」

「引越しの理由はなんて？」

「聞いていません。私は決めたことに従うだけだったから。……奥様に知られてしまったのだろうと思いましたけど」

「具体的に、なにかを聞きましたか？」

「いえ。ただそのあとすぐ、守を認知するという話が出ました」

「それまで一度もここに戻らなかったんですか？　なにも聞いてませんか？」

問われるままに答えていた城戸さんが、ためらいながらも訊ねてくる。

「なにもってなんですか。どういうことなんでしょう。守が転校した経緯をということでしたが、いったいなにをお知りになりたいのですか」

僕は城戸さんの目を覗きこんだ。

「守くんが小学三年生の夏休み、同じ学区で誘拐騒ぎがあったことをご存じですか？」

「誘拐？　いいえ」

不安と疑問が、城戸さんの目の中に浮かんでいた。嘘ではなさそうだ。

「小学三年生の男児が、突然頭から袋をかぶされて、車でどこかに連れていかれたんです。けれど家族のもとに身代金を要求する連絡も、誘拐したと知らせるアクションもなかった。そして翌日、少し離れた公園で解放された。犯人は見つからないままです。お金の要求がなかったこともあり、公訴時効を迎えています」

「……あの？」

城戸さんが困惑している。

「誘拐されたのは僕です。なぜ誘拐されたのか、どうしてなにもされずに解放されたのか、ずっとわからなかった。でも」

「でも？」

「僕は、守くんと間違えられたんじゃないかと、やっと気づいたんです」

昨夜、元太から聞いたひとこと。

――城戸ってさ、転校してきたとき言ったんだよな。ボクのことは「しーま」と呼んでくれ、って。

元太はこう続けた。

……うん、二年生のときだ。まえの学校ではそう呼ばれていたんだってさ。けど俺らの学校にはおまえ、しーまがいただろ。だからみんなそうは呼ばなかった。なんとなくあいつの呼び名は「まもちゃん」になったな。

そのとき僕の頭の中で、いろんなかけらがつながっていった。元太の声も、だんだんと遠くなった。

僕をさらった犯人は、男性がひとりと女性がひとりだった。そして忘れられないあのにおい。同じ香水をつけている知可子氏。

犯人は、僕と守くんを間違えたのではないか。誘拐されたあの日、遠くで言い争いの声が聞こえた。そのあと僕は眠らされた。勘違いに気づいた犯人は、誘拐そのものをもみ消そうと考え、僕を公園に放置した。

「……設楽さんが、守と間違えられて？」

「はい。守くんは友人から『しーま』と呼ばれていたことはありませんか？　僕もそう呼ばれているんです」

「小さいころに。それから、大阪にいたときにも……」

「犯人は『しーま』と呼ばれていた僕を守くんと間違えたんです。どうしてそんなことが起きたんだろうと不思議でしたが、こちらの家に伺って思いだしました。子供のころ僕は一度、この家のそばまで来たことがあります。祖父が、査定に伺った日のことです。城戸さんは門の外まで出てきていて、僕に日傘をさしかけてくれました。手も振ってくれた。まるで友人と遊びにでかける息子を見送るかのように」

あのとき、犯人が近くにいたに違いない。そして僕のことを、この家の子供だと思った。

誘拐された日もまた、この家に近いところにある友達の家に来ていた。そこからほかの友達と一緒に帰り、ひとりになったところでさらわれた。

城戸さんが、テーブルへと目を落とす。

「……そういえば査定の方、お孫さんだかどなただかがいらっしゃいましたね。でも、あの、それで……誘拐？」

「警察はうちの両親に、僕は誰かと間違えられたのではないかと言ったそうです。でも同様の事件は起きないし、怪しい人に声をかけられたという子もいなかったようで、そのままに」

「大変な目に遭《あ》われたんですね。……そう、そうですね、守がもし誘拐されていたら、あの人は警察に頼るより、たとえ幾らであってもお金を出すほうを選ぶでしょう」

城戸さんがうつむいたまま困ったように笑った。

「そっちじゃありません」

ごくりと、城戸さんが息を呑む。

「犯人の狙いはお金ではなく城戸さんです。守くんの命が惜しければだまって姿を消せ。倫太郎氏に頼るな。連絡を絶て。そう要求したかったのではないでしょうか」

城戸さんが唇を嚙む。その狙いには気づいていたのではないだろうか。僕が間違えられて誘拐されたと話しはじめたころから、彼女の顔色は青白くなっていった。だけど認めたくない気持ちがあり、お金が目的ではないかと口にすることで打ち消したかったのだろう。

「倫太郎氏は、それに気づいたんだと思います。だから別荘からそのまま大阪へと避難させた。手出しをしても無駄だとわからせるためもあって、認知もした」

城戸さんにもう、犯人が誰かわかっているはずだ。

そして僕も、あの言葉の本当の意味が、十五年を経てやっとわかった。

視線を落としていた城戸さんが、居住まいを正す。

「ごめんなさい、設楽さん。怖い思いをさせたんですね」

「城戸さんが謝ることじゃないですよ」

「でも」

「謝らなきゃいけないのは僕を誘拐した人です。僕はその人たちに謝ってもらいたい。そして、ちょっとした計画があります」

「……計画？」

僕はにっこりと笑った。そして頭を下げる。

「段取りをしていただきたいと思っています。面倒をおかけすることになりますが、どうぞよろしくお願いいたします」

10

相手が指定してきたのは、シティホテルの一室だった。クラブルームなので、そのホテルでは最高位のグレードだ。映画ならここで関係者が始末されちゃう、なんてあるかもしれないが、さすがにそこまでのことはないだろう。瑶子さんにも行先は告げておいたし、スマホの位置情報を共有できるように設定した。飲み物には注意をおし、なんて脅されたけれど。

でもまったくありえなくもないのかな。なにしろ相手は薬に詳しい。あの日、飲んだジュースに入っていたのがただの睡眠薬で本当によかった。

瑶子さんの説明によると絽《ろ》という素材の和装姿の城戸さんと、スーツにネクタイを締めた僕、そういったTPOを無視したただぼだぼのTシャツにカーゴパンツといういつものスタイルの守くんが、ホテルの人の案内で部屋の前まで出向く。……勝手には入れないみたいだ。

扉を開けて進むと、広い窓の向こうに空が見えた。低い位置に、ビルが敷き詰められているかのように見える。正面にテーブルセットが置かれていて、ベッドは右奥に覗く仕切りの先にあるようだ。

広間のような部屋にいたのは、依頼したとおり知可子氏と雅一氏のふたりだけだった。弁護士や税理士らしき人はその場にはいない。僕らは勧められてソファに座る。

「時間がありませんので前置きはなしにしましょう。いまさらなんなんですか。遺産分割協議書には署名捺印《なついん》をもらっていますよね」

知可子氏が発言する。

ああ、と守くんが返事かどうかもわからないふてくされた声を出す。

「今まであなたとあなたの家族のために、父がどれだけのお金を出してきたかも全部計算してお見せしましたよね。どこかに誤りでもありましたか？　父はああ見えて細かく記録をつけるほうで、領収書などもきれいに残してあったんですよ。ご不満なら全部お見せしましょうか」

落ち着いたようすで、知可子氏は説明する。

「そのことなんですけど」

と僕は右手をあげた。

知可子氏と雅一氏の視線がこちらを向く。ふたりとも穏やかな表情だが、目は冷たい。

会談を依頼したのは僕自身だけど、さすがに緊張する。

「はじめまして。設楽不動産の設楽と申します。城戸守さんが相続なさったロイヤルグリーン一〇〇五号室の売却を頼まれています。これ、名刺です」

と、そこで僕はふたりに名刺を渡す。

「そうですか。よろしくお願いします」

雅一氏はそう言うが、彼の名刺はいただけないようだ。知可子氏は会釈をしたあと、不審そうに僕と名刺を見比べている。もしかして、シャトー輪田ですれ違ったことを覚えているだろうか。別にかまわないけれど。

「今回、守さんが売却という方法を検討なさったのは相続税のためなんです。手元資金がないため、売ってお金に換えるということですね」

「賢明な判断じゃないですか」

知可子氏がうなずく。

「そうでしょうか。守さんは非嫡出子ですが、倫太郎氏に認知されていますよね。現在の法律では、非嫡出子は嫡出子と同等の相続をする権利があります。ドラッグ輪田の株券や不動産、倫太郎氏がお住まいだったご自宅、賃貸マンション、おふたりはそれらを相続なさった。そのバランスから考えて、守さんの相続税分をご負担いただけないでしょうか。守さんはあの部屋に住み続けたいと考えておいでです」

「先ほど申しましたように生前贈与分を差し引いてのことですよ。あの部屋はいわば手切れ金です」

「きみ、不動産会社の人なんだよね？　物件を売るのが商売でしょう。どうして売らない方向へと話を進めようとしてるのかね」

知可子氏、雅一氏と、ふたり顔を曇らせている。

僕はうなずいた。

「えー、私、設楽真輝と申します」

「それは名刺をみればわかる」

雅一氏が、テーブルに置いたままの僕の名刺を指先でつつく。

「呼び名は『しーま』です。今も、小学三年生のころの友人からはそう呼ばれます。ちなみに守さんとは小学校の同級生になります。守さんも、僕が通っていた小学校に転校してくるまえは『しーま』と呼ばれていたそうです」

しばしの間を置く。

返事はない。ふたりの表情も変わっていない。

「ちなみに僕、小学三年生の夏休みに誘拐されたんですよ。犯人は男と女、ふたりいました ね。殺されるかと思ったんだけど、びっくりするほどあっさり、翌日には解放された。といっても知らない公園に置き去りにされたんですが。なぜだと思います？　ねえ、輪田雅一さん」

僕が名指しをした雅一氏は、さあ、と首を横に振る。

「じゃあ知可子さん」

「わかりませんよ。でもご無事でよかったですね。なによりです」

「犯人がどうなったか、聞かないんですか？」

僕の質問に、知可子氏が一瞬、睨んでくる。

「あらごめんなさい。どうなったんですか？」

「ご存じでしょう？」

「いいえ」

「そうですか。ちなみにその事件のすぐあと、守さんは引越しをしたそうです。どうしてなんでしょうね」

「あなたさっきからなにが言いたいの。なぜですかどうしてですかって、そんなの知りませんよ。知るわけがないでしょう」

知可子氏の声が高くなる。

もわりと、あの香水のにおいが漂った。興奮して体温が上がったのだろう。

「そのにおい。香水の香り」

僕は吸い込みたくないと思いながらも、顔を近づけた。

「犯人がつけていた香水と同じです。僕に袋をかぶせ、自分たちはなるべく声を出さないよう、出しても低い作り声にして気をつけていたようだけど、失敗しましたね。うちの社長の話によると、人はにおいに慣れてしまうそうです。常時同じ香水をつけていると鼻が鈍感になって、自分が香水をつけていることを忘れてしまうとか。つけてはいなくても、服に染みついていたかもしれないですね」

いっそう、においが強くなった。

「なにを馬鹿なことを。同じ香水をつけてる人なんていくらでもいるでしょ」

知可子氏の顔が赤い。雅一氏がそのようすをちらりと見ている。

「守さんたちが大阪に越してから、彼を認知するという話が出たそうです。つまり存在を知られてもいい状態になった。それはおふたりの家族の側がすでに、彼を知ってしまっていたから、ですね。もう隠す必要はないということでしょう。一方、知ったあなたたちは、守くんをどうしようと思ったのでしょう。存在を消したいと思っても不思議はないですね」

「きみ、失礼だよ。いいがかりはよしたまえ」

雅一氏は険しい顔をしていたが、声は冷静だった。まだだ。決め手となるあの言葉は最後に出すものだ。

「やだなあ。殺そうとした、とまでは言ってませんよ。殺したりなんてしたらあとが大変です。動機があるから早々に容疑者扱いされる。せいぜい、倫太郎氏のもとから去るようにと脅すぐらいでしょう。でも城戸さんたちは家にいなかったんです。別荘に滞在していた。あなたたちはいつ、自分たちが誘拐した子供が守くんではないことに気づいたんでしょう。倫太郎氏にもバレたのでしょうか。その可能性は高いですね。守くんたちは別荘から直接、引越しするように指示されたそうなので。いずれにせよあなたたちは慌てて――」

「いいかげんにしたまえ！」

雅一氏が怒鳴った。

「証拠もないのに人を貶《おとし》めると訴えるぞ」

僕をねめつけて、テーブルから身を乗りだしてくる。

「いいえ、あります」

「どこにだ！」

僕は懸命の力を込めて、雅一氏を睨んだ。

そして告げる。

「じゅうぶんのいち」

睨みあう雅一氏の、目が揺らいだ。

「僕をさらった犯人ふたりは、言い争いをしていました。少し遠い部屋だったのでしょう、切れ切れにしか聞こえなかったけれど、『じゅうぶん』という単語を何度も耳にしました。当時は、物事が満ち足りたさまという意味の充分、言い争っているのだからそれを否定してたのではないかと考えられていました。けれど『じゅうぶん』とは、十に分けるという意味の十分だった。あなたたちは何度も、十分の一と繰り返していたんだ。十分の二とも言ったかもしれない。これは倫太郎さんが亡くなった場合の相続の割合ですよ。守くんと、あなたたちの」

揺らいでいた雅一氏の目は、話が進むにつれてゆっくりと焦点を定めていた。

「馬鹿を言え。さっきまで同等の相続分があると吼《ほ》えていただろうが」

「今は、ね」

僕を睨む雅一氏の、眉が動く。

「忘れましたか？ 以前は、非嫡出子の相続分は嫡出子の二分の一だった。二〇一三年、平成二十五年に民法の改正があって同等になったんです。当時は倫太郎氏の妻……あなたたちのお母さんが存命でしたので、妻が二分の一、残りの二分の一を、子がそれぞれの法定相続分に応じて分けます。守くんはあなた方の半分なのですから、全体の十分の一ですね。知可子氏と雅一氏は十分の二ずつとなります。十分の一というと少なそうに聞こえますが、倫太郎氏の妻は病気がち、倫太郎氏より先に亡くなるだろうと、ゆくゆくは姉弟《きょうだい》それぞれが二分の一ずつもらえるはずだと目論《もくろ》んでいた。そんなあなたたちにとっては、三人目は邪魔でしょう」

雅一氏が目を伏せた。悔しそうに、顔を歪《ゆが》めている。

知可子氏は、というと赤い顔のままこちらを睨んでいる。

「そ、そんな、あなたの記憶が正しいなんて言えないでしょ。小学校の……三年生？ そんな古い話、警察が相手にするものですか」

知可子氏の香水のにおいがますます強くなった。息苦しいほどだ。

「いま思いだしたばかりの話だと受け取っていたんですか？　当然、そのときに警察から聴き取りをされてますよ。もちろん僕が耳にした言葉は伝えています。供述調書、とかいうのかな、そういった書類があるんじゃないでしょうか。やっと『じゅうぶん』の真実の意味が、判明したんです」

　僕はにっこりと笑った。

「……も、もう時効になってるんだろ。そんな書類、いつまでも残すわけがない」

　雅一氏が吐き捨てる。

「なるほど。それ、自白と考えていいですね」

　僕は雅一氏に向けて、ポケットから出したものを掲げて見せる。スマホだ。雅一氏がテーブルの向こうで立ちあがる。

「録音しています。これ、公開したらどうなりますかね」

　あ、と言ったのは守くんだ。知可子氏が息を大きく吸い込んでいる。

「なにを言ってるの。脅す気？」

「はい、脅しています。時効だから逮捕されないとはいえ、世間の目はどうでしょう」

「世間って……」

「ドラッグ輪田の創業者、倫太郎氏には非嫡出子がいた。しかしなんだかんだと理由をつけて、その非嫡出子にはマンション一室のみを与え、ほかの相続からは排除。しかも十五年前には、現社長の雅一氏と専務の知可子氏は弟の存在を知って誘拐を企てていた。もっともその誘拐は、誤って別の少年を連れ去ったため、表にでることはなかった。どうでしょう。ネットやゴシップ誌が飛びつきそうだと思いませんか？　株価も下がって大変です。店へのクレームも増えそうですね。その点は僕も店員さんに申し訳ないと思いますが」

僕は掲げたスマホを振ってみせる。

「そんなことをしたら、あ、あなただって」

「僕のほうはいい宣伝になると思いますよ。うちは地域密着型の不動産会社で株式市場は関係ないし、なにより被害者ですから。小学校の同級生のために、強欲な姉と兄に話をつけにいった、なんてちょっとカッコよくないですか？」

くそっ、と雅一氏が尻を椅子に戻した。

「どうしろというんだ、いったい」

恨みがましい目で睨んでくる。

「僕のお願いは最初から申し上げているとおりです。守さんの相続税分をご負担いただくこと。おふたりから守さんへの贈与に当たると思いますので、その税金の分とプラスアルファの色もつけて」

「……それだけか？」

雅一氏がいぶかる。

「はい。そちらに有利な条件だと思いますが」

雅一氏と知可子氏が顔を見合わせている。

「そんなことをしなくても、その子が相続税を払えずに滞納するなら、連帯納付義務でこっちが代わりに支払うことになるわけだけど？」

知可子氏がすがめで見てくる。なるほど、税理士の夫に入れ知恵をされているようだ。

「最終的には、ですよね。でもそのまえに、滞納者に対して財産調査が実施されて、差し押えや競売といった処分が行われます。相続税を物納せよと提案されるのが現実的なところでしょう。ロイヤルグリーン一〇〇五号室は、守さんの手から離れてしまう」

このふたりはつくづく守くんが、ひいては城戸さんが気に入らないのだろう。判断を誤らせようとしてくる。

相続税分のプラスアルファを与えず、ロイヤルグリーンの部屋だけを相続させたのも同じ理由だ。守くんたちを困らせたかった。彼らの存在が許せなかったのだ。

「……わかった」

雅一氏がうなずいた。

「その提案を受け入れる。それで文句はないな」

はい、と僕もうなずく。

「ちょっとさあ、話していいか」

それまで黙っていた守くんが、けだるそうに発言する。

雅一氏、知可子氏の冷たい目が彼を見た。

「あんたらが、オレやあの人を嫌ってるのはわかってる。オレもあの人のこと好きじゃないしな」

あの人、と言った守くんの視線は、城戸さんを向いている。城戸さんはずっと、身を縮めて座っていた。この場に連れてきて申し訳なかったけれど、関係者が全員揃《そろ》っていたほうがいいと思ったのだ。ふたりとの縁を切ってしまうためにも。

けど、と守くんが顎で僕を指した。

「こいつは関係ないよな。こいつ、巻きこまれただけだろ。しーまって、呼び名のせいで。あんたらのクソ最低な勘違いのせいで」

雅一氏と知可子氏が、複雑そうに顔を見合わせている。

「謝れよ。こいつに。こいつ、チビるほどビビったんだから」

チビってないって。

そのあとしばらくおねしょはしたけれど。

でもそう言ってもらって、嬉《うれ》しかった。守くんには誘拐の話と、それをネタにして相続税分を引きだそうという計画は伝えていたけれど、それ以上は話していなかったから。

しばらくの間、目で会話をしていたふたりが僕を見る。

「……悪かった」

「怖い思いをさせて、ごめんなさい」

僕は営業スマイルを顔に浮かべて、鷹揚《おうよう》そうに大きくうなずいた。

——もちろん、この謝罪も録音している。

11

「馬鹿だね、おまえは。なんで相続税分を現金で渡してもらうってことにしたんだい。相応分のマンションの一室にしておけばよかったんだよ。そうすれば売却にうちが絡めて、利益が生みだせたのに」

首尾を報告すると、瑶子さんは苦い顔をした。いやいや、最後まで聞いてくれよ。

「残り一ヵ月だよ。売れなかったら相続税の期限に間に合わないかもしれないじゃない」

「延納すればいいだろ。延滞税分を上乗せしておけば、城戸さん側だって懐は痛まない」

「そうはいっても、ちょうどいい不動産がなかったんだって。お金だったら知可子さんと雅一さんの割り勘で出してもらえるだろ。のちのちの権利関係がややこしくなるから、あのシャトー輪田の一室だけゆずってもらうのもどうかと思ったし」

なによりも、いかにあのふたりに考える隙を与えないか、頭をひねった結果だ。適切な不動産を見繕ってください、なんて言おうものなら、冷静になられてしまう。

正直、勢いで押し切ったのだ。香水にしても『じゅうぶん』という言葉にしても、とぼけ続けられたらそれきりだ。だからこそ、録音なんて手を使ってイチかバチか、脅してみたわけだ。

「その代わり、賃貸借業務のほうで仲介手数料をもらう予定だよ。ちゃんと商売はしてきたってば」

ん？　と瑶子さんがいぶかる。

「守くんも城戸さんも、この先、生活の手段を得なきゃいけないだろ。守くんはゲームシナリオで一発当ててるって言うけど、正直いつになるかわからない。城戸さんは看護師の資格は持っているけど体力に自信がないらしいから、いい仕事が見つかるかどうか、まだわからない。だからどちらかの家を賃貸に出す。相続税分にプラスアルファの色をつけてもらったから、そのお金でリフォームしてさ。これで当面はＯＫ」

へえ、とやっと瑶子さんが感心した表情をする。

「じゃあ城戸さんは息子とふたりで住むのかい？」

「それはなんとなく難しそう。守くんは城戸さんに複雑な感情を持ってるし、城戸さんも妙に遠慮しちゃってるし。どちらかが部屋を借りることになると思う。たぶん、城戸さんのほうかなあ」

「じゃあ、その仲介手数料も」

瑶子さんの頬がゆるむ。

「もちろん、そう持っていくつもりだよ。向こうだって僕に恩義があるんだ、もらえるものはもらっておかないと」

正規の方法でね。

「なるほどね。うちもまあまあ儲《もう》かり、お客さんも満足して、感謝もしてもらったと。なかなかいい落とし方をしたね。認めてやろう」

やったね、と僕はガッツポーズを作る。

「これで無事に、跡取りとして襲名だね」

「襲名？　冗談じゃないよ。あたしは引退なんてする気はないし、真輝が馬鹿なことをしたらいつでも商売を畳むつもりだ」

「えー、そんなこと言わないでくださいよ。私が路頭に迷います」

と、話を聞いていた三木さんが言う。

「理香子ちゃん、あんたのお尻も叩いているんだよ。いざとなったら転職できるよう、宅建の勉強を進めておきなよ。そしたら大きな顔してどこかの不動産会社に入れるから」

「勉強、苦手なんですよね。もしそういうことになったらほかの業種でもいいので職場を紹介してくださいよ」

　三木さんらしいというか、相変わらずだ。

「理香子ちゃんを使ってくれる職場ねえ。難しい問題だ」

　瑶子さんがため息をつく。

「だから僕ががんばるって言ってるじゃん。馬鹿もポカもしないって。顧客第一主義を貫いて、もっともっと設楽不動産を発展させてみせるから」

　調子に乗ってんじゃないよ、と瑶子さんが頭を小突いてきた。滅多《めった》に褒めることのない瑶子さんに褒められたのだから、ちょっとくらい調子に乗らせてほしい。

「発展ねえ。おまえみたいに甘い人間に、そんなことができるのかねえ。肝心なところが抜けてるからねえ」

　そろそろ引き締めておこうと思ったのか、瑶子さんがくさしてくる。

「抜けてるってどこが？」

「誘拐犯だよ、誘拐犯。やっとそれがわかったんだよ。自分のためにカードを切ってもよかったんじゃないかい」

「それやったら、まじに脅迫じゃない」

「似たようなものだろ」

「違うよ。守くんに対する遺産配分が間違っていると思ったから、それを正すために交渉材料として使っただけ。僕はほっとしてるんだよ。これでやっと、事件から解放されたって思うし。あと、誘拐されるはずだったもうひとりの自分が無事だったってわかって、本当によかった」

「解放ねえ」

「やっぱり僕、囚《とら》われていたのかな、間違えられたことに。間違えちゃだめだって、考えすぎていたのかな」

美玖は言っていた。わたしは間違ったけれど、選び直したと。

選択を間違えないでほしい。僕はそればかりを気にしていたけれど、やり直しがきくことだってある。

「だからそういうの、以前からあたしが言ってただろ。間違えないことにこだわるなって。なにを今ごろはじめて気づいたみたいに」

「解放されないと気づけないんだってば。間違ったってことを悟らないとやり直しもできないのと同じだよ」

「屁理屈《へりくつ》ばっかり言ってるんじゃないよ」

瑶子さんは呆れ顔だ。

「でもやっぱり間違えずにすんだほうがいいし、僕が関わる人は、その人にとって最良の選択をしてほしいよ。だから僕はそこを変えるつもりはない」

間違いは人の運命を変える。

僕はそれを実感している。だからせめて僕が関わる人は、選択を間違えてほしくない。そう思っている。

でもやり直しはきく。

不動産選びでやり直しをするのは、リスキーだけどね。

設楽不動産の朝は早い。夜も仕事帰りの人が寄ることを考えて、終業時間は遅い。商店街のほかの店のシャッターが下りるころ、ガラス扉の向こうに人影が立った。少しためらってから、一歩、こちらへと足を向けてくる。

さて。新たなお客さまのご要望は。

設楽《したら》不動産《ふどうさん》営業《えいぎょう》日誌《にっし》
お客《きゃく》さまのご要望《ようぼう》は

朝日文庫

2022年5月30日　第1刷発行

著　　者　水生《みずき》大海《ひろみ》

発 行 者　三宮博信
発 行 所　朝日新聞出版
〒104-8011　東京都中央区築地5-3-2
電話　03-5541-8832（編集）
　　　03-5540-7793（販売）
印刷製本　大日本印刷株式会社

Published in Japan by Asahi Shimbun Publications Inc.
定価はカバーに表示してあります

ISBN978-4-02-265040-5

落丁・乱丁の場合は弊社業務部（電話 03-5540-7800）へご連絡ください。

送料弊社負担にてお取り替えいたします。

鈴峯　紅也
警視庁監察官Q
人並みの感情を失った代わりに、超記憶能力を得た監察官・小田垣観月。アイスクイーンと呼ばれる彼女が警察内部に巣食う悪を裁く新シリーズ！

小説トリッパー編集部編
20の短編小説
人気作家二〇人が「二〇」をテーマに短編を競作。現代小説の最前線にいる作家たちのエッセンスが一冊で味わえる、最強のアンソロジー。

ディーン・R・クーンツ著／大出　健訳
ベストセラー小説の書き方
どんな本が売れるのか？　世界に知られる超ベストセラー作家が、さまざまな例をひきながら、成功の秘密を明かす好読み物。

貫井　徳郎
乱反射
《日本推理作家協会賞受賞作》
幼い命の死。報われぬ悲しみ。決して法では裁けない「殺人」に、残された家族は沈黙するしかないのか？　社会派エンターテインメントの傑作。

西　加奈子
ふくわらい
《河合隼雄物語賞受賞作》
不器用にしか生きられない編集者の鳴木戸定は、自分を包み込む愛すべき世界に気づいていく。第一回河合隼雄物語賞受賞作。《解説・上橋菜穂子》

梨木　香歩
f植物園の巣穴
歯痛に悩む植物園の園丁は、ある日巣穴に落ちて……。動植物や地理を豊かに描き、埋もれた記憶を掘り起こす著者会心の異界譚。《解説・松永美穂》

朝日文庫

山本　一力
たすけ鍼《ばり》

深川に住む染谷《せんこく》は〝ツボ師〟の異名をとる名鍼灸師。病を癒やし、心を救い、人助けや世直しに奔走する日々を描く長編時代小説。《解説・重金敦之》

森見　登美彦
聖なる怠け者の冒険
《京都本大賞受賞作》

宵山で賑やかな京都を舞台に、全く動かない主人公・小和田君の果てしなく長い冒険が始まる。著者による文庫版あとがき付き。

横山　秀夫
震度0《ゼロ》

阪神大震災の朝、県警幹部の一人が姿を消した。失踪を巡り人々の思惑が複雑に交錯する。組織の本質を鋭くえぐる長編警察小説。

柚木　麻子
嘆きの美女

見た目も性格も「ブス」、ネットに悪口ばかり書き連ねる耶居子は、あるきっかけで美人たちと同居するハメに……。《解説・黒沢かずこ（森三中）》

綿矢　りさ
私をくいとめて

黒田みつ子、もうすぐ三三歳。「おひとりさま」生活を満喫していたが、あの人が現れ、なぜか気持ちが揺らいでしまう。《解説・金原ひとみ》

宇佐美　まこと
夜の声を聴く

引きこもりの隆太が誘われたのは、一一年前の一家殺人事件に端を発する悲哀渦巻く世界だった！平穏な日常が揺らぐ衝撃の書き下ろしミステリー。